U0072335

小詩星河

現代小詩選②

陳幸蕙◎編著

撐一支悅讀的長篙
徜徉於美麗的詩銀河
向星輝斑斕處漫溯

【序】讓人間更可愛的一個方法

／陳幸蕙

1詩的U化，從小詩開始

有一次與朋友閒聊。身為趨勢專家的朋友，忽提起某企業公司正致力將產品U化一事。

我當場攔截那個字——U化，玩味良久。

U是ubiquitous的縮寫，U化即普及化之意。

那時《小詩森林》方出版不久，諸般課題遊走於心之際，我很自然便想到：詩的U化是可能的嗎？

回答這問題，當然應先界定所期望的U化程度為何？而期望詩如手機，或便利商店般高度U化，自是不可能的；甚至，詩是否有必要U化，或許都將引起見仁見智的討論。

然而，即使涉及這許多不確定性，有一點可以確定的倒是，若真論及詩的U化，我當時想，無可置疑卻應從小詩開始。

2與詩結盟的開端

因為小詩型製短小，親和力與接受性高；如以階梯為喻，那麼在向上攀升、抵達中長詩堂奧前，小詩的親近、閱讀，往往便是這攀升高梯的第一階。

這第一階的召喚，也往往是我們與詩結盟的開端。

為此，《小詩森林》出版後，當幼獅公司表示有意推出第二本小詩選、且希望我續接下編撰任務時，身為一名詩的熱愛者，我欣然受命。

當然，我也不免再次自問，並非詩人，我所據以編撰詩選的憑藉是什麼？

由於把所編小詩選都界定在上述所謂第一階，把讀者界定在國、高中或一般大學程度，完全普羅大眾取向，我乃以自己當年身為國文老師為學生、或身為母親與孩子分享美好雋永事物的心情，挑選作品並撰寫賞析。

這種心情，使我想起在捷運列車上曾偶然聽到的一對國小兄妹的對話。當做哥哥的說起媽媽會為他們帶回一種新口味豆花時，妹妹當即歡悅表示「一定很好吃！」哥哥反問「妳怎麼知道？」妹妹如此回答：「因為不好的東西媽媽絕對不會給我們！……」

如果，愛，保證了品質的話，那麼，抱著為孩子和學生製作私房詩選的心情和態度從事這整個編撰工程，全力以赴，我想，那或許便是我最大的憑藉吧！

簡言之，《小詩星河》選詩與賞析書寫，延續《小詩森林》作法，一以貫之，所有原則在《小詩森林》序文中都曾清楚交代。

若感性來說，那便是收在這兩本小詩選裡的詩，都是曾觸動我、令我在閱讀時彷彿「迎面閃來一道光」的作品。

而賞析撰寫，則是希望能為讀者提供一把有意義的品賞詩的鑰匙，指出、或建議他們玩味詩的某些向度與方法。這把鑰匙，自是最初且最微不足道的一把。但有了這第一把，或許有人可因此找到其他更多、更重要的鑰匙，繼續打開詩、進入詩，或被詩打開、被詩進入。

我確實遇見過不少喜愛詩，但因「讀不懂詩」產生強烈挫折而大為削減讀詩興趣的孩子；也遇見過不少覺得詩「太高」，因「懼讀」而「拒讀」終至與詩絕緣的例子。這對詩人和讀者來說，無疑都是非常可惜的損失。因之，也正如我希望學生、孩子向詩靠攏，為自己開啓生命中一扇美學的窗子一樣，《小詩星河》的編撰與出版，主要用意在此。

在詩之前，我相信，讀者才是真正的主人。

3 替心靈擦窗子的人

另外，我也相信——這個主人比詩人幸福，因為他們不必成為詩人卻可以擁有詩。

記得沙穗在其詩集《畫眉》自序中，曾改俄國劇作家契訶夫名句「如果害怕孤獨，就不要結婚」之「結婚」兩字為「寫詩」。李長青也曾在「心意」一詩中如此素描其內在風景：

詩人一早醒來，已經是宇宙
很晚很晚的時刻了
去年寫好的那一首詩
還完整保存著，在時間之流
在洪荒之間
他靜靜享用自己
單純的心意

雖是不憂不惑、恬謐如水的心靈境界，超然獨立，單純樸素，保有完整的自我；但「靜靜享用自己／單純的心意」，卻仍不免微滲清淡的寂寞。

而我尤其難以忘懷的是，在國家圖書館借閱早期詩人吳瀛濤作品的經歷——菲薄不滿百頁如電器使用說明書般的詩集，扉頁有詩人鄭重題贈央圖（國圖舊名央圖）的鋼筆字跡，墨色隨時間久遠早已陳黯，但封底資料卡所顯示的卻是，在我之前的上一位讀者，借閱時間竟遠在四十年前！

年輕世代讀者可能已無人知曉吳瀛濤了（甚至某出版公司編輯告訴我，

《小詩星河》所選八十位詩人，至少有五十個她「沒聽過」），吳瀛濤也的確不是他那個時代最具代表性的詩人，但畢竟一生默默創作，癌末歲月，猶沾著血淚寫詩，直至生命最後一刻，真正的「春蠶到死絲方盡」。可是為詩奉獻一生，其所熱情題贈的詩集，難道四十年來竟如此殘酷地只有兩位讀者？

我凝視著那一大段時間的空白，不能不強烈感到一位詩人或作家龐大的孤獨。

如果，詩人「靜靜享用自己／單純的心意」之外，還有共鳴、知音與讀者；如果這世界所U化的，不只是手機、便利商店、時尚流行，還有詩，人間是不是會更可愛一點？

艾蜜莉．逖金遜曾說：「詩使我溫暖！」

日本語言學家早川原則如此讚美：「詩人是替心靈擦窗子的人。」

那也是一個詩之讀者如我的感受與體認。所以如果能夠，這本詩選也意在向詩人致意或致敬。

畢竟，靈感罕見慷慨降臨，在孤獨中猶堅持創作不懈、努力為人類心靈「擦窗子」的詩人，無論如何都令人感動。

4享用與抵達

而沿《小詩森林》舊例，《小詩星河》也選了八十位詩人、一百六十首詩；仍以胡適（一八九一）為首，縱跨近九十年歲月，至新銳詩人劉哲廷（一九七九）止。就地理分布言，雖也包括了海外與大陸詩人，但主要仍以在地台灣詩人作品為主：遺珠之憾，我必需承認，同樣勢所難免。至於賞析文字標題「向星輝斑斕處漫溯」，自是為配合書名意象而取，明眼人一看便知典出徐志摩〈再別康橋〉詩句──「尋夢？撐一支長篙／向青草更青處漫溯」。

不過，與《小詩森林》不同的是，《小詩星河》在單純的文字詩外，另立圖象詩一卷。

這刻意凸顯圖象詩的安排，固因圖象詩並非只有形式意義而已，在創造更多視覺可能的同時，往往也翻新出更多書寫的可能，帶來更多閱讀上的變化與趣味；但更重要的卻是因為小（短）詩視覺焦點集中，最宜明確展示圖象，較諸篇幅擴散的中長詩而言，幾可說是圖象詩專屬領域，故特闢圖象詩專區，以彰顯其幾乎是小詩專利的事實。希望這個安排能使《小詩星河》在體例上更為充實完備。另外，本詩選中有較多不同詩人以相同詩題創作的情形，例如：方旗、何光明的〈瀑布〉，白靈、曾貴海的〈風箏〉，李敏勇、李長青的〈落葉〉，蘇善、溫奇的〈失眠〉等，讀者可自行比較，以收對照悅讀之趣。

據說《小詩森林》購書者有很大一部分是國、高中國文老師，他們以此書作為現代文學教學的一個參考或輔助教材。

我希望《小詩星河》也具有同樣的功能。

希望詩人在「靜靜享用自己／單純的心意」之外，有多一點的人，也可以享用他們。

並且經由這種享用，抵達詩。

——二〇〇六年十月寒露於台北新店

【卷二】圖象詩

【卷一】

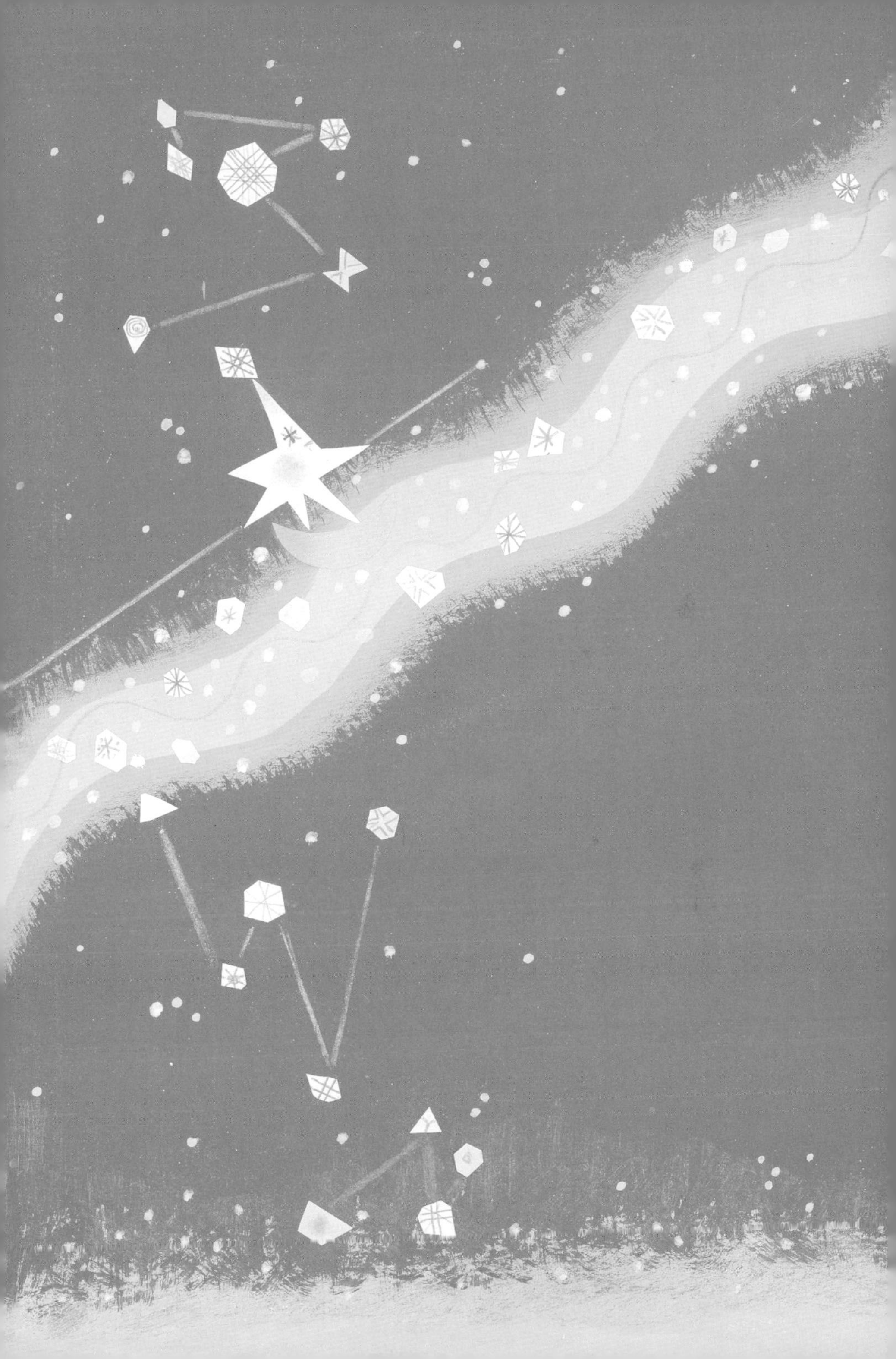

胡適

*安徽績溪人，美國哥倫比亞大學博士，五四時期白話運動領袖。曾任北京大學校長、駐美大使、中央研究院院長。著有《白話文學史》、《胡適文存》，與第一本白話新詩集《嘗試集》等。

夢與詩

都是平常經驗，
都是平常影象，
偶然湧到夢中來，
變幻出多少新奇花樣！

都是平常情感，
都是平常言語，
偶然碰著個詩人，
變幻出多少新奇詩句！

醉過才知酒濃，
愛過才知情重——
你不能做我的詩，
正如我不能做你的夢。

瓶花

不是怕風吹雨打，
不是羨燭照香薰，
只喜歡那折花的人，
高興和伊親近。

花瓣兒紛紛落了，
勞伊親手收存，
寄與伊心上的人，
當一封沒有字的書信。

向星輝斑斕處漫溯

〈夢與詩〉寫於民國九年，談詩創作課題，但胡適不從詩說起，卻先帶我們去面對一個狂野大膽且微妙的世界——夢。

胡適告訴我們，天馬行空、充滿各種「花樣」和荒謬感的夢，並非憑空產生，而是我們日常生活經驗和影象，幻化、新奇化，甚至詭異化的結果。這個過程和詩產生的情況類似——簡言之，詩也是我們「平常情感」、「平常言語」沉澱醞釀後，靈光爆破的一種創造。只是詩雖貴在創造、化平淡為神奇，但仍應以生活經驗為基礎，方不致虛無縹緲，空洞無物；就像一個人，若不曾醉過、愛過，如何能了解酒與情的真相？又如何能體會「濃」與「重」的滋味？「醉過才知酒濃，愛過才知情重」是少男少女和言情小說常引用之句，但胡適意不在說酒與情，而在指出經驗是想像與感受的基礎，強調創作過程中經驗的重要。

不過，經驗畢竟是有個別性、差異性的，「你不能做我的詩，正如我不能做你的夢」，風格無法剽竊，特色難以抄襲！所以胡適最後暗示我們，不論做詩（或做人），實無需模仿他人，卻應忠於自我，珍惜個人特色，勇敢活出自己！

這是胡適膾炙人口之作，除說理淺近、能予人正面積極的聯想啓發外，從形式上看，全詩三段，每段字數、句法相同，押韻清楚，節奏整齊，甚富朗朗上口的歌謠感，故普受喜愛。

不同於〈夢與詩〉的說理傾向，〈瓶花〉則顯然是一首非常柔婉的抒情詩。此詩從瓶花立場發言，歡快明確地表示，成為瓶中花並非悲劇，亦非出於無奈，更無關是否為逃避戶外風雨吹襲，或嚮往室內旖旎浪漫氣氛，完全是瓶花自己主觀意志的抉擇——因為它喜歡「那折花的人」，高興和她親近！而縱令時光推移，有朝一日芳華不再，萎為落瓣，它也樂意化為一種象徵，由「那折花的人」寄予至愛，「當一封沒有字的書信」！

此詩為胡適在徐志摩生前題贈陸小曼，是胡適以朋友身分盛讚小曼（伊）可愛的作品。全詩推演瓶花無怨無悔、滿心歡喜、纏綿溫柔的衷曲，角度翻新，在友誼的紀念外，倒更是一首溫暖敦厚，充分映現了胡適陽光性格、陽光風格的詩。

賴和

＊本名賴癸河，彰化人，台北總督府醫學校畢業。曾任醫職，後加入台灣文化協會，從事社會運動與新文學運動。著有《賴和全集》。

日傘

炎天下的行人
把日傘高高擎起
遮住酷烈的直射光線
安然地闊步行去

在生的長途上
多數的人們赤條條
略無遮庇
可是火熱的日輪

紅赫赫高懸頭上
要有什麼去處能容我暫避

向星輝斑斕處漫溯

身為「台灣新文學之父」，出生於台灣彰化、終生奉獻鄉土、也埋骨安息於原鄉的賴和，在其五十年短暫人生歲月中，創作領域涵蓋了詩、散文、小說與評論。由於賴和的行醫背景，及其在作品裡所呈現的強烈批判與抗議精神，故亦有「台灣魯迅」之稱。

〈日傘〉一詩以含蓄方式，不僅反映了這種批判與抗議精神，同時也沉痛刻畫了殖民時期台灣百姓的悲哀與痛苦。詩中，「火熱的日輪」喻日本高壓統治、橫徵暴斂、經濟剝削，〈日傘〉則象徵了統治階層所獨享的特權。賴和以對比手法，呈現了這少數特權階級和「多數人們」的反差境遇——前者「在生的長途上」可「安然地闊步行去」，後者卻惶惑茫然無語問蒼天：「要有什麼去處能容我暫避」？——令人怵目驚心的疊字詞「赤條條」、「紅赫赫」，則尤凸顯了弱勢者的悲苦形象。全詩語言質樸，充滿關懷意識，呈現時代切片，身為島民，於新世紀重讀此饒富歷史意涵的詩，先民滄桑與詩人不平之鳴，相互激盪於字裡行間，令人仍不免為之歎息、震動。

聞一多

*本名聞家驊，湖北浠水人，早年赴美留學。曾任清華大學教授，與胡適、徐志摩、梁實秋等成立「新月社」，後因政治因素遭暗殺。著有《聞一多全集》。

小溪

鉛灰色的樹影，
是一長篇惡夢，
橫壓在昏睡著的
小溪底胸膛上。
小溪掙扎著，掙扎著……
似乎毫無一點影響。

爛果

我的肉早被黑蟲子咬爛了。
我睡在冷辣的青苔上，
索性讓爛的越加爛了，
只等爛穿了我的核甲，
爛破了我的監牢，
我的幽閉的靈魂
便穿著豆綠的背心，
笑迷迷地要跳出來了！

夢者

假如那綠晶晶的鬼火
是墓中人底
夢裡迸出的星光，
那我也不怕死了！

紅豆 四一

有酸的，有甜的，有苦的，有辣的。
豆子都是紅色的，
味道卻不同了。
辣的先讓禮教嘗嘗！

苦的我們分著囫圇吞下。
酸的酸得像梅子一般，
不妨細嚼著止止我們的渴。
甜的呢！
啊！甜的紅豆都分送給鄰家作種子罷！

向星輝斑斕處漫溯

聞一多是新詩發展史上一位重量級詩人，他的作品詩思豐活、詩情熱烈、詩想別緻，詩風詩路自由無礙，令人著迷歎服，此處所選四首小品正可略窺其詩藝一斑。

第一首〈小溪〉所寫，其實是林間清溪，穿越密樹遮蔽，來到陽光下的常見景象，但聞一多以「長篇惡夢」和「掙扎」等意象，將小溪與密林的關係緊張化、對峙化、擬人化，甚至小說化，激盪出飽滿的戲劇張力，短短六行遂饒富極短篇韻味。而「鉛灰色的樹影」若引申為負面、壓迫性力量，「昏睡」視為尚未覺醒的生命狀態，則小溪歷經掙扎、超越困境、絲毫不受「惡夢」影響的終局，遂又使此詩成為一則意味深長的啓示錄了。

〈爛果〉一詩則從令人作嘔的腐爛事件落筆，指出肉體其實是「幽閉」靈魂的「監牢」，腐爛實乃蛻變、昇華的歷程。全詩運用五「爛」字，進行形而下至形而上之辯證，指出落在青苔上的爛果，終將化為新芽，「穿著豆綠的背心」、「笑迷迷」「跳出」「幽閉」它的「核甲」。全詩從肉體的腐爛，看出靈魂的新生；從生命陰鬱面的凝視，傳達出樂觀希望的訊息，創造新的愉悅、振奮與啟示，實堪稱聞一多個人的「惡之華」。

同樣地，從令人不安的「鬼火」切入，〈夢者〉一詩則強調，若墳地「綠晶晶」燐光，是墓中人「夢裡迸出的星光」的話，那麼詩人將無懼於死亡。如此思維實令人不免想起德國哲學家康德名言——「世上最美的事物，是天上的星光和人心深處的真實」——詩人既將幽靈般的「鬼火」，比擬為「世上最美的事物」，將死亡浪漫化、星空化、天堂化，從陰森恐懼中飛升脫離，於是，清光點點，星輝斑爛，墓園一片明麗清寧，令人似乎也不怕死了。

至於〈紅豆〉一詩，選自聞一多「紅豆篇」系列，該系列包含四十二首獨立小詩，此為第四十一首，可謂再度印證了詩人觀想之別緻。畢竟，現實世界何來酸、苦、辣紅豆？則紅豆在詩中為一象徵，殆無疑義，所象徵者實為對人生、人間的態度與感受。而辣的紅豆「先讓禮教嘗嘗」，是對傳統提出嚴厲批判，鼓吹衝破舊禮教禁錮。「苦的囫圇吞下」所示則是一種包容、承擔，將人生苦痛概括承受的丈夫氣概。「酸的」嚼著止渴，是自勉勉人要細品人生滄桑辛酸，以沉澱紛繁無謂之意緒；至於甜紅豆處置方式，實乃全詩最菁華、動人的部分。詩人不僅自己不享用，要轉贈鄰人，還要分給他們「做種子」，讓甜蜜幸福的人生滋味廣布於人間！——如此溫暖美好的詩句與詩心，感動著讀詩的我們，於是，即令迢遙異代，我們卻也收到詩人自時光彼端，所分給我們的甜紅豆了！

汪靜之

＊安徽績溪人，五四時代著名詩人，曾任白沙大學中文系教授。著有詩集《蕙的風》、《寂寞的國》、小說集《人肉》等。

時間是一把剪刀

時間是一把剪刀，
　生命是一疋錦綺；
一節一節地剪去，
等到剪完的時候，
　把一堆破布付之一炬！

時間是一根鐵鞭，
　生命是一樹繁花；
一朵一朵地擊落，

等到擊完的時候，
　　把滿地殘紅踏入泥沙！

向星輝斑斕處漫溯

較諸許多眷愛生命或勉人珍惜光陰的詩而言，汪靜之〈時間是一把剪刀〉堪稱最肅殺、冷峻的一首。此詩以高度華麗的「錦綺」、「繁花」讚美生命，以令人心寒生畏的「剪刀」、「鐵鞭」喻時間，以不假辭色的「一節一節剪去」、「一朵一朵擊落」強調時間不可忤逆的絕對意志，更以廢墟式的想像——「一堆破布付之一炬」、「滿地殘紅踏入泥沙」——喻生命消耗淨盡的終局。全詩結構工整，押韻清楚，在斬釘截鐵的鏗鏘節奏中，對照出生命的華美脆弱、時間的無情強悍，筆勢凌厲，實亦如剪如鞭。

關於時間與生命終局的思考，汪靜之另有詩如下，亦出以齊整形式、清晰韻腳——

河水呀，你在趕你的道路／我也在趕我的程途／但你的目的是大海／我的終點是墳墓。
蜜蜂呀，你忙著採取花露／我也和你一樣勞苦／但你的收成是甜蜜／我的收成是墳墓。
梨樹呀，你忙著花白葉綠／我也工作得極辛楚／但你結的果是雪梨／我結的果是墳墓。（〈我結的果是墳墓〉《寂寞的國》）

兩詩主題、寫法、感慨相同，可以並觀，但後者傷感消極，筆力略弱，仍以〈時間是一把剪刀〉鋒銳亮眼。

楊華

*本名楊顯達，屏東人。日據時期違反「治安維持法」被捕入獄，後因貧病交迫，厭世自盡。著有詩集《黑潮集》及小說等。

小詩（選一）

1

人們散了後的秋千，
閒掛著一輪明月。

黑潮集（選一）

4

本來是個無力的小蒼蠅，
他專會摩拳擦掌。

飛鷹飢餓了，
徘徊天空，想吞沒一顆顆的星辰。

47

心弦（選一）

設使宇宙是一個花籃，
就有無窮的詩料，
可惜！詩人太懶惰了。

向星輝斑斕處漫溯

日據時期台灣詩人楊華創作以小詩為主。他在三十歲那年，因貧病交迫和對日本殖民統治充滿悲憤而懸樑自盡時，已創作近兩百首小詩，為當時詩人之冠。雖然以今日標準檢視，這些處於新詩萌芽階段的作品，未見成熟，但披沙揀金，我們卻仍可從中看見一位年輕詩人，在早期不利中文創作的時代環境中，執著於小詩耕耘的努力及藝術表現。

此處所選第一首小詩，寫白日喧鬧的人群散去後，明月、秋千兩相映照之景，重點在一「閒」字，以及——詩人未曾點破、我們卻充分感受到的一個「靜」字。詩人捕捉到這份閒靜，以清新乾淨的文字，做極簡風格呈現，頗富日本俳句意趣；而「何夜無月？何處無秋千？但少閒人如詩人耳」（注），於是透過此玲瓏小詩，我們似不僅看見明月、秋千、詩人——甚至也彷彿看見我們自己的微笑了。

相對於第一首微笑之詩，此處所選第二首則是風格迥異的諷刺詩。楊華以「小蒼蠅」為喻，以「無力」和「摩拳擦掌」為對照，更以「專會」二字強化其揶揄，短短兩句，就使虛張聲勢的小人，現出原形、無所遁形，委實精準有力、痛快淋漓。

至於從小蒼蠅到翱翔天際的巨大蒼鷹，第三首小詩所展現的，卻又是豪邁壯闊的驚人氣象了。飛鷹徘徊雲天之上，目極八荒，氣吞宇宙，欲噬沒「一顆顆的星辰」的身影，令人過目難忘！此詩堪稱楊華小詩意象最突出的一首，縱令置於泰戈爾詩集中亦毫不遜色。

第四首充滿自省意味，首句彷彿出自燦爛的童心，令人眼睛為之一亮。但楊華把宇宙設想為一「花籃」，意不在讚美其繽紛絢麗，卻在提醒詩人應充分掌握、運用這「無窮的詩料」，勿忘文學天職；末句語重心長，尤為自惕警句。此詩可說透露了楊華身為詩人的自覺意識與使命感，可惜在強大現實壓力下，他終還是棄此「花籃」而去，不僅令時人不勝欷歔，亦令後人無限歎惋。

注：蘇東坡在他有名的小品〈記承天寺夜遊〉中曾說：「何夜無月？何處無竹柏？但少閒人如吾兩人耳。」

江文也

＊淡水三芝人，曾於東京上野音樂學校進修音樂，並以管弦樂《台灣舞曲》獲柏林奧運國際音樂比賽作曲獎，爲首位揚名國際的台籍音樂家。後赴北京師範大學任教，文革時曾遭迫害。著有詩集《北京銘》及中日文作品集等。

賣酸梅湯的來了

多麼清脆的聲響啊
簡直 剛從糖水中 取出來似地
清脆脆而又奇妙地不絕如縷的
宛如 也要把空氣變得酸甜似的

向星輝斑斕處漫溯

酸梅湯是北京非常通俗的代表性飲品。寫這首詩時，江文也正寓居北京。江文也，一位出生於台北縣三芝鄉、於三〇年代揚名國際的音樂家。他早歲曾赴日求學，一九三八年應聘至北京師範大學任教後，即定居該地直至去世。特殊的身分、背景，使江文也在文革時曾深受迫害，作品在故鄉台灣亦遭禁達半世紀之久，直至解嚴後，他在國際間獲獎之作才陸續解禁。由於深富人文素養，除音樂創作外，江文也亦有中、日文詩集傳世。

〈賣酸梅湯的來了〉一詩呈現夏日北京市井趣味，江文也秉其音樂家本色，一落筆便是聽覺印象，寫小販搖鈴聲之清脆「簡直 剛從糖水中 取出來似地」——糖水之喻，結合聽覺與味覺，令人產生愉悅的聯想；而這彷彿蜜汁浸潤的清脆鈴聲、奇妙音樂，「不絕如縷」回響在耳際，聽久了，似乎空氣也被攪動得酸甜起來了！——末句加上嗅覺的想像，並在「酸甜」巔峰處戛然而止，不僅餘音裊裊，更且餘味無窮。此詩第二句刻意斷成三節，意在透過一節一歎的效果，傳達讚美與難以置信之感；第三句末則省略「聲響」二字，以求精簡。綜觀全詩出以細膩的詩情、敏銳的音感、酸甜亭勻的文字，歌詠市井之聲，實是親切可喜的「酸梅湯小販頌」。

艾青

＊原名蔣海澄，浙江金華人，杭州西湖藝專習畫，並留法攻讀藝術。曾任大學教授、中國作協副主席。著有詩集《大堰河》等。

浪

你也愛那白浪麼——
它會齧啃岩石
更會殘忍地折斷船櫓
　　撕碎布帆
沒有一刻靜止
它自滿地談述著
從古以來的
航行者的悲慘的故事

或許是無理性的
但它是美麗的

而我卻愛那白浪
——當它的泡沫濺到我的身上時
我曾起了被愛者的感激

礁石

一個浪，一個浪，
無休止地撲過來
每一個浪都在它腳下
被打成碎沫，散開……

它的臉上和身上
像刀砍過的一樣
但它依然站在那裡
含著微笑，看著海洋……

海水和淚

海水是鹹的
淚也是鹹的

是海水變成淚？
是淚流成海水？

億萬年的淚
匯聚成海水

終有一天
海水和淚都是甜的

煤的對話

你住在哪裡？

我住在萬年的深山裡
我住在萬年的岩石裡

你的年紀？

我的年紀比山的更大，
比岩石的更大
你從什麼時候沉默的？
從恐龍統治了森林的年代
從地殼第一次震動的年代

你已死在過深的怨憤裡了麼？
死？不，不，我還活著——
請給我以火，給我以火！

向星輝斑斕處漫溯

生前曾獲諾貝爾文學獎提名的艾青，是三〇年代詩壇重鎮之一。身為一名終生服役文學的詩人，艾青詩藝成就，不在技巧的創新突破，卻在其詩所內蘊的渾厚情感，與強大質樸的生命力，此處所選四詩便呈現了如此的特色。

第一首詩指出浪兼具「美麗」與「殘忍」兩種特質，但畢竟美的力量高於一切，因此詩人仍不由自主愛著浪，即令濺在身上只是幾星泡沫，亦不免湧生「被愛者的感激」！這是一種非理性之愛，但也可說是超越在「無理性」之上的一種理性之愛！透過這矛盾的愛的宣告，艾青寫出了人在面對大自然時，謙卑敬畏與愛悅膜拜的錯綜情結。

第二首〈礁石〉同樣從浪的「殘忍」切入，但卻把礁石擬人化、肉身化了。「像刀砍過的一樣」，再次呈現了浪無情可怖的特質，但在「含著微笑」的礁石前，浪終亦只能臣服「在它腳下」，被擊碎、潰散！此詩如以「礁石」為意志的象徵、視「浪」為現實或命運之打擊，自頗富勵志色彩；但艾青藉礁石所欲題詠的，卻應是愛與包容——一種比刀斧、暴力更強更無堅不摧的力量！

第三首〈海水和淚〉則透過「鹹的」同質性，串連海水與淚水，相互指涉，歎人間苦難深重，致令「億萬年的淚／匯聚成海水」——全詩至此雖跌至沉痛的谷底，但艾青卻翻鹹為甜，在悲情絕望處，躍出愉悅可喜的願景——「終有一天／海水和淚都是甜的」——其祝願之大，語氣之強，信念之堅，將缺憾還諸天地之執著，很難不令人為之動容！

第四首詩由海入山，假想與億萬年岩層中一塊煤對話，並預留伏筆，供讀者想像此飽涵能量的煤與火碰觸後，石破天驚的引爆！全詩出以卡通式的奇想、對話設計和後續暗示，具現一種超越年齡、時光、歲月、死亡，與滄海桑田變化的積極意志，內蓄的光熱勁道驚人。

綜觀四詩，都是以人的理性和感性，來看待、並詮釋大自然「無理性」的現象，呈現出一種渾樸撼人的力量，正是艾青詩之一大特色。

巫永福

＊南投埔里人，東京明治大學文科畢業，受教於日本文豪橫光利一。曾創辦《福爾摩沙》雜誌、巫永福文化基金會，現任《台灣文藝》雜誌社發行人。著有《巫永福全集》。

誰都不知不覺的時候

像未曾有過也不再發生似的
誰都不知不覺的時候　孤獨的老婆
在床上硬直起來了
依戀不捨的眼睛　還睜開著……

沒有連累的孤獨
也沒有一聲哭泣的某天午后
用草蓆包裹著從後門
老婆被扛出去埋葬

那是瞬間發生的事
誰也不知不覺的時候
貧窮的人世間的一幕
像未曾有過也不再發生似的

藤椅

古早
母親在房間
坐在舊藤椅
彎著形軀
戴目鏡
一心提針線
爲我補縫褲
過年過節
還踏縫衣車做我新衫

向星輝斑斕處漫溯

〈誰都不知不覺的時候〉寫於台灣光復前，是文壇耆宿巫永福早年作品，最初以日文寫成，後經作者自譯為中文。全詩就獨居老婦孤寂以終、草草被葬一事，流露同情哀戚與不忍；並以「誰都不知不覺的時候」重複兩次，強調其疏離、無助與淒涼。詩中，老婦死不瞑目、「用草蓆包裹著從後門……扛出去埋葬」的場景，令人無言；但若對照今日仍不時可見獨居老人默默以終的報導，則這首寫於七十年前的關懷之詩，以「像未曾有過也不再發生似的」一句始，復以此句終，便更可見其悲歎之深，與反諷之強了。

巫永福寫於七十歲（一九八三）的〈藤椅〉一詩，則堪稱早歲台灣版的「慈母手中線」。此詩先以靜物「藤椅」為記憶核心，帶出母親專注為愛兒紉綴衫褲的身影；又以「古早」、「在房間」等背景敘述，烘托出歲月迢遙、光影陳黯、如泛黃照片的氣氛；更以慈母「彎著形軀／戴目鏡／一心提針線」的主體特寫，凸顯往事歷歷在目的溫馨懷想與幸福感受。全詩不假雕飾，用母語書寫，當我們以台語朗讀「古早……」時，彷彿啓動某一情感密碼，所有純樸的歲月感動遂都汩汩湧出了。

紀弦

*本名路逾，陝西周至人，蘇州美專畢業。曾任成功中學國文教師，並創辦現代詩社，爲「現代派」健將，現居美國。著有《宇宙詩抄》等詩集及詩論、散文數十種。

雕刻家

煩憂是一個不可見的
天才的雕刻家。
每個黃昏，他來了。
他用一柄無形的鑿子
把我的額紋鑿得更深一些；
又給添上了許多新的。
於是我日漸老去，
而他的藝術品日漸完成。

晨步

霧中的街如水彩畫，
行人是三兩個筆觸。
晨興有一份無名的喜悅，
策杖作幾分鐘的散步。
十字路口，
蒼綠的老榕下，
郵筒靜靜地立著。

火葬

如一張寫滿了的信箋
躺在一隻牛皮紙的信封裡，
人們把他釘入一具薄皮棺材；
復如一封信的投入郵筒，
人們把他塞進火葬場的爐門。

——總之，像一封信，
貼了郵票，
蓋了郵戳，
寄到很遠的國度去了。

向星輝斑斕處漫溯

〈雕刻家〉寫於紀弦三十七歲，主題是人近中年的感傷。全詩以「煩憂」開端，寫其在歲月中對人的銷磨或紋身過程，也寫人在煩憂中所可能有的超越。紀弦以「雕刻家」喻煩憂，以「黃昏」喻低潮或生命黯淡的時刻，以「鑿子」喻煩憂的尖銳無情，以「藝術品」喻成熟圓融的人格心境。全詩把肉身皮相不可免的衰老勘破，呈現人在時光激流中「可以被打敗，但不可以被征服」的意志與希望，練達超脫幽默，堪稱一則以低調始、以輝煌嘹亮高音終的光陰札記。

宛如一幀「水彩畫」的〈晨步〉，則在濃厚的閒適氣氛與抒情取向中，傳達出「一份無名的喜悅」。紀弦揮灑一枝寫意之筆，渲染清晨薄霧街景，淡彩朦朧，卻獨凸顯蒼綠老榕與碧蔭下靜立的郵筒，不僅詩中有畫，畫面層次分明，且遠近前後相互呼應，是非常清新可喜的小品。

至於〈火葬〉一詩，則再度展現了紀弦幽默諧謔的本色。紀弦於此詩中大量使用書簡郵遞概念——寫滿的信箋、牛皮紙封套、貼郵票、蓋郵戳、投進郵筒、寄到很遠的國度等，把「人生如寄」一詞演化為「死亡如寄」、「火葬如寄」——「寄信」的「寄」。出人意表的構思，風趣生動的譬喻，令人莞爾，無形中也把死亡的哀感淡化，把令人傷痛的火葬親切化、溫馨化且浪漫化了。

吳瀛濤

*台北市人，台北商業學校畢業。曾旅居香港，與戴望舒交往，並籌組發起笠詩社。曾任職煙酒公賣局。著有《瀛濤詩集》等。

小毛蟲（病床短章2）

一條小毛蟲，
從身邊爬過去

不知從哪兒來
不知往哪兒去

毛毛茸茸
小小的軀體 小小的生命
不過，活著，生命總有生命的爬動

貓族（病床短章5）

這大醫院的地窖曾有一個時期有很多老鼠
因而一群貓被放進去

現在老鼠已絕跡之後
陽光的院子裡但能看見繁殖的貓族

貓族伸懶腰
久住的病人有時也會伸個懶腰

向星輝斑斕處漫溯

一九七一年三月，詩人吳瀛濤以肺腫瘤開刀，住進「台大病室一〇六號」。住院期間，他雖在生死線上掙扎，卻仍創作不輟，「病床短章」便是他辭世前幾個月的作品，對生命課題格外有深刻蒼涼的感悟。

所選第一首，藉題寫一隻「從身邊爬過」的小毛蟲，暗示生命的盲目（不知從哪兒來／不知往哪兒去）、卑微（小小的軀體　小小的生命），但卻高度肯定小毛蟲「爬動」的意義，因為至少那意謂它仍「活著」，而活著便是可能，便是一切！

第二首雖頗有散文化之病，但全詩先以陽光下（室外）大量繁殖的貓族所暗示的活潑生命力，和困處病床（室內）逐漸衰弱的自己做一對照；又以貓伸懶腰和久臥病榻的自己「有時也會伸個懶腰」相提並論，在故示輕鬆的自我調侃中，流露自嘲意味，益顯其悲涼無奈。兩詩都以人在病床上的觀想為主題，直抒胸臆，所映現的，既是詩人對生命的頌讚，也是他與死神頑抗的心情。

張秀亞

*河北滄縣人，北平輔仁大學西洋語文學系畢業，曾任靜宜大學教授。著有詩集《愛的又一日》、散文集《三色菫》及評論、翻譯等八十餘種。

愛的又一日

以曉空爲頭巾
朝陽做外衣
我跪在芳鮮的青草上
感謝度過漫長的昨夜
感謝這愛的又一日
忽然，隔著那道疏籬
一張粉紅的小臉向我微笑
呵，自那葉叢中
又煥然的開放了
那小小的玫瑰

小白花之二

小白花，
像一個托著牛奶杯子的天眞孩童
到處傾灑著，
風吹來，小杯子一歪，又灑出去一些。

向星輝斑斕處漫溯

以散文名家、曾獲首屆中山文藝獎散文獎的作家張秀亞，其實也是一位詩人。多以草木自然野趣入詩，張秀亞詩風恬淡清麗，此處所選即屬典型張氏風格。

第一首以「牛奶杯子」、「天真孩童」、風來「小杯子一歪」的特寫，呼應「小白花」純淨可愛特色。雖詩人並未透露，小白花「到處傾灑」和「又灑出去一些」的，究竟是什麼？但我們可以會心，小白花（與這首詩）所傾灑的，不僅是色彩、芬芳與生機，卻更是詩心與童趣。

第二首詩原題〈病起〉，抒發病後重獲新生的感恩愉悅，故有「跪在芳鮮的青草上」，與「感謝度過昏沉、漫長的昨夜」、「自那乾焦的土地上枯萎的葉叢中／又掙扎著開放了／那小小的玫瑰」等句。但其後詩人刪除了本文所示畫線的字句，把「掙扎著」改為「煥然的」，又將詩題更動為鮮明醒目的〈愛的又一日〉，遂成今所見定稿。若我們將前後兩詩相互比較，當發現改動後的作品確實更為精簡凝鍊，涵蓋性更廣，且不限病後心情，而是每一天揭開清晨序幕的頌辭，既是西諺「Each day is a gift」的詩歌演義，也是美國散文家梭羅名句「There is a dawn in me」的溫馨呼應。

周夢蝶

＊河南淅川人，師範畢業。曾於台北武昌街經營書報攤二十餘年。著有詩集《十三朵白菊花》等。

四句偈

一隻螢火蟲，將世界
從黑海裡撈起——
只要眼前有螢火蟲半隻，我你
就沒有痛哭和自縊的權利

絶前十行附跋

春天緣著地下莖的脈搏孃孃上升
一直升到和自己一樣
不能再高的高處
嫣然一笑
就停在那裡

沒有誰知道甚至春天自己也不知道
爲什麼，如此癡癡
浪費她的美；
乃不知有搖落，更無論

美人的嬌眼與採摘

六十八年除夕。夢至一廢園。荒煙蔓草中。見紫花一莖猶明。
低回沉吟。得詩四節二十行。醒而僅憶其後半。每欲足成之。苦不就。悵悵而已。

時間一見之一

時間就蹲在燭影深處
虎視眈眈的背面——
我是食魚連頭尾連骨皮肉一口吞的！
時間說：我是貓科

〈四句偈〉寫於一九六五年，是周夢蝶早期作品。此詩以螢火蟲體積之小、力量之微、光芒之弱 vs.世界之大、擔負之重、生命黑暗之深廣——藉強烈反差對比，拉出巨大張力；更以此張力為基礎，當頭棒喝，祭出結論——以螢為師、為啓示，身而為人，我們沒有放棄的權利！第三句刻意以「我你」替代慣用之「你我」，強化了由我做起的自許之意。短短四行，因此，其實是長長一生愛的誓辭，與責任的承諾。

〈絕前十行〉則不論詩題和成詩過程均甚有趣。根據此詩附跋，民國六十八年除夕，周夢蝶曾夢至某荒煙蔓草廢園，見紫花一株盛開燦爛，低回沉吟，得詩四節二十行，唯醒來僅憶後半，雖屢欲補全，「苦不就。恨恨而已」——因之詩題「絕」字，不僅指斷裂，亦明示了難再後續之意——不過綜觀此「後十行」既獨立自足，生動紫花亦「嫣然一笑」「停在」讀者心中，詩人其實可以不必「恨恨」。全詩藉一株渾不知凋零和美人採摘、仍癡癡開至青春頂點的花，提出一個永恆的困惑——為什麼大自然要如此「浪費她的美」？但除了造物者，誰能回答這問題呢？於是在席慕蓉〈燈下〉一詩中，我們所看到的，遂也是相同的浩歎了：

生命中的場景正在互相召喚／時光與美／巨大到只能無奈地去　浪費！

〈時間三見之一〉亦以永恆為主題，卻反筆寫人生如燭，脆弱短暫，就在我們不知不覺中，時間已橫掃一切，歸諸寂滅！全詩舉重若輕，直擊痛點，雖不動聲色，卻令人充分感受到生命龐大的虛無；而以貓科撲食獵物，連皮帶骨吞噬淨盡，喻時間絕對的剝蝕性與毀滅性，尤令人心驚！

陳千武

*本名陳武雄，南投名間人，台中一中畢業，笠詩社發起人之一，曾任台中市立文化中心主任、文英館館長。著有《陳千武詩全集》、小說集《獵女犯》及論述等多種。

鼓手之歌

時間。遴選我作一個鼓手
鼓面是用我的皮張的
鼓的聲音很響亮
超越各種樂器的音響

鼓聲裡滲雜著我寂寞的心聲
波及遠處神祕的山峰而回響
於是收到回響的寂寞時
我不得不，又拚命地打鼓……
鼓是我痛愛的生命
我是寂寞的鼓手。

平安——我的愚民政策

我希望妳信神
雖然
我無信仰
但是
我喜歡妳信神

……
妳就
不再跟我吵鬧了

博愛座

誰給誰多少博愛
窄小的座位
也有看不見的溫暖

沒想到今天
有人讓我坐這個位置
我眞老了嗎
曾經擁過綺麗的夢
夢見純潔，而
多情佛心的我……

也許，我底愛早已枯渴
這個位置
才這麼快的輪到我

我端正地坐著
享受幾分鐘
搖晃不定的博愛

向星輝斑斕處漫溯

一九四二年，詩人兼小說家陳千武自台中一中畢業不久，即遭日本當局以「台灣志願兵」名義徵調至南洋，投入太平洋戰爭，其後且成為集中營戰俘，直至二戰結束始獲釋返鄉。歷劫歸來後，熱愛文學、曾以日文寫詩的陳千武，開始自修中文、以中文創作，並藉由詩與小說，書寫他對戰爭、人性、存在等課題的思考和體驗。

〈鼓手之歌〉便基於如此的生命背景，剖陳其人生抱負理念。詩中，陳千武自述命運揀選他為文學鼓手，創作是他生命志業與最高優先，「超越各種」其他生命活動；雖此途寂寞，但當他經由創作觸及同樣寂寞的心靈、回響時，基於使命感，他「不得不，又拚命地」創作！——創作，因此，是他「痛愛的生命」，而他是甘於寂寞的寫手！全詩以鼓為喻，出以高度象徵，象徵理想的高度。鼓手之歌，於是，遂不僅是陳千武個人的生命之歌，是細述其文學堅持的詠懷詩，更是一位作家忠於自我、鞠躬盡瘁的自畫像！

〈平安——我的愚民政策〉一詩則可從——夫／妻，或統治者／人民——兩個角度來看。「我」其實並不信神，但為達個人「平安」——亦即「妳就不再跟我吵鬧」——的目的，卻擺出「希望」「喜歡」妳信神的鼓勵態度，這便是「我」的「愚民政策」。陳千武以「神」喻符合男性或統治階級利益的教條、價值觀、行為準則；全詩刻畫父權社會或威權體制下，男性對女性，統治者對人民的宰制、駕馭、操弄和催眠，是一首簡淨無比、深刻無比的諷刺詩。

而從〈鼓手之歌〉的熱烈昂揚，到〈平安〉的尖銳諷刺，再至〈博愛座〉的慈祥幽默，詩人實已步入老年。陳千武藉此詩寫其接受〈博愛座〉的初體驗——先是肯定此座之溫暖意義，繼則訝然竟已至享受此座的年齡，再則腦海迅速閃過純潔的青春時光、心向宗教的中年歲月，而終停頓在是否年事已高、「愛已枯渴」的自我叩問上；最後詩人收起錯綜複雜的意緒，正襟危坐，專心「享受」來自年輕乘客的善意。全詩藉「博愛座」事件，書寫「我真老了嗎」的狐疑自問，末句「搖晃不定的博愛」，既指車廂搖晃，又暗示對自己步入老境一事的不確定和難以置信，一語雙關，實為此詩寫下了最風趣雋永的結論。

林亨泰

*彰化北斗人，師大教育系畢業，曾任教職，笠詩社發起人之一，作品涵蓋詩、評論兼及翻譯。著有《林亨泰全集》。

賴皮狗

樓梯的邏輯
只有
要上，就上去
要下，就下來

邏輯的樓梯
只能
不上，就該下
不下，就該上

可是這隻獸
只想
一直賴在那裡
不上，也不下

死亡公式

魚類集體中毒時
都把白肚翻過來
只是一忽兒工夫
死相也是一致的

貝類集體中毒時
都把大嘴巴張開
只是一忽兒工夫
死相也是一致的

只要因汙染而起
無論哪一類死亡
公式都是一樣的
人類也是不例外

向星輝斑斕處漫溯

林亨泰〈賴皮狗〉是一首趣詩與諷刺詩。請注意詩題——是「賴皮狗」，不是「癩皮狗」——癩皮狗是長癬疥的狗，賴皮狗指的卻是人。林亨泰以此具高度嘲諷意味的名詞，暗指社會或政壇上失職失德、理應「下來」、卻「一直賴在那裡」的人；復以「樓梯的邏輯」、「邏輯的樓梯」指出此「不上不下」行徑之反邏輯；詩末，更逕以重量級的「獸」字予以奚落——詼諧有趣的文字背後，其實是凌厲的道德撻伐。

〈死亡公式〉亦出於對人世議題的關注，但筆鋒卻指向了環保。林亨泰透過魚和貝類難看、痛苦的「死相」，提醒世人對汙染課題的正視與反省。全詩以類疊形式，列出令人震撼的「死亡公式」與結論，言淺意深，語重心長，是極富警世效果的環保詩。

夏菁

*本名盛志澄，浙江嘉興人，美國科羅拉多州立大學碩士，藍星詩社發起人之一，曾任職農復會，並奉派赴牙買加支援農經建設，現居美國。著有詩集《雪嶺》及散文等多種。

簷滴

有一種語言
勝過鄉音，
使你聞之淚下。
從這個世界
回到另一個。

家是一個——
當聽到簷滴，
就會使你
鼻酸的地方。

預測

有一件事不容預測：
　何時
　何因
　以及何地
我將作日落時葵花的一垂，
當遠近悠揚的蟲聲未起。
有一件事卻可料定：
　那詩
　那名
　以及那人
湮沒在浩瀚、幽深的字海，
直到有一位潛水的探珠人。

向星輝斑斕處漫溯

〈簷滴〉是夏菁早期名詩，本詩後半段——「家是一個／當聽到簷滴／就會使你／鼻酸的地方」——更是傳誦多時、膾炙人口的名句；此詩獨到處，便也在詩人以鄉愁為主題，卻僅從簷滴落筆的寫法。

畢竟，雨天原就最教人傷情，而聲聲慢的簷滴，又以其斷續零落、如泣如訴的節奏，強化了遊子心中「泠泠清清，悽悽慘慘淒淒」的愁緒。鄉音或許還令人感到親切，但簷滴卻使人「聞之淚下」，是因為它總令人「從這個世界／回到另一個」——從現實世界回到記憶、想念的世界；而一旦情不自禁進入這世界，回憶、想念起家之種種，任誰都要忍不住「鼻酸」了！……全詩寫簷滴是一種令人惆悵傷感的「語言」，訴諸世人普遍共同的經驗，因此不僅極易引起共鳴，更屢屢撥動遊子心底最敏感纖細的一根絃。

〈預測〉一詩寫死亡，但若更精確說，所寫實為詩人之死。誠如夏菁在他另一首詩〈死亡，如此年輕〉中所言——「死亡豈容你安排和設計」——此詩一開始所指「不容預測」其何時、何因、何地會發生的「一件事」，便是死亡。但夏菁告訴我們，對詩人言，不能預知死亡並不重要，因為——第一、詩人之死，是「日落時葵花的一垂」，而既已仰望、追隨過詩國的太陽，此生無憾無悔，則何時、何因、何地而死，何足輕重？第二、當後世知音在文學深海探得明珠，為詩人在歷史上做一定位時，則詩人終將以不朽活在後人心中！故死亡雖不可「預測」，但留下美好作品的詩人身後不寂寞，卻是可以「料定」的！全詩以整齊對稱的形式，上下對話，相互演義。「浩瀚幽深的字海」和「潛水的探珠人」，意象鮮明生動；「日落時葵花的一垂」與「遠近悠揚的蟲聲未起」，亦格外安恬壯美。葵花在安靜中與落日一起告別世界，無遠近喧呶的掌聲、讚美干擾，生與死都如此純粹，境界尤令人神往。

彩羽

*本名張恍，湖南長沙人，早年服役軍中，曾任副刊編輯，後經營「古今舊書坊」。著有詩集《濁流溪畔》及散文、評論等。

爆竹

不論是
去舊也好
迎新也好
一次炸裂，已然注定：
我是，要在
一個聲響裡誕生
一個聲響裡絕滅

向星輝斑斕處漫溯

由過年時民間燃放鞭炮的習俗產生聯想，詩人彩羽自「爆竹一聲除舊歲」概念跳脫而出，反客為主，從爆竹角度思考，並聚焦於其高潮表現——「炸裂」，指出爆竹「誕生」與「絕滅」二而一的宿命——精采演出的同時，也是轟轟烈烈的完成之際。全詩藉爆竹隱喻一種「方生方死」的存在，筆致簡潔，卻饒富哲思。

杜潘芳格

＊新竹北埔人，新竹女中畢業，笠詩社同仁，曾任台灣文藝雜誌社社長。著有詩集《遠千湖》及日文詩集等。

重生

黃色的絲帶
和
黑色絲帶。

我的死，
以桃紅色柔軟的絲帶
打著蝴蝶結的
重生。

向星輝斑斕處漫溯

絲帶、蝴蝶結，都是非常女性化的意象。黃絲帶，代表希望與等待；黑絲帶，意味死亡與毀滅；桃紅色絲帶，則象徵愛情與溫柔。對詩人杜潘芳格而言，人生，擺盪於希望與破滅之間，是「黃」與「黑」輪迴更替、周而復始的歷程，她對人生不抱過分熱情和期待。但，是愛情，為她人生帶來第三種——最美麗的一種——色彩，並且如禮物般飾以喜悅的蝴蝶結，於是「我的死」，詩人說，在愛情的呼喚中「重生」了！全詩以高亢的音調歌頌愛情；以女性聲音、思維，詮釋個人的新生；以單純醒目的色塊，區分內在情感與價值概念，宛如一幅色彩凝定、神祕豐富的抽象油畫，值得駐足細品。

蓉子

＊本名王蓉芷，江蘇吳縣人，世界藝術與文化學院榮譽博士。著有詩集《這一站不到神話》、《黑海上的晨曦》等。

小舟

劃破茫茫大海的，
不是白晝的太陽，
不是夜晚的星星，
也不是日夜吹著的風。
劃破茫茫大海的
是一隻生命的小舟……

白露

陰氣漸重
露凝且白
風，觸膚涼的絲綢樣
月，高掛在藍寶石的天上
親情在不可企及的遠方
啊，秋天是全無雜質的水晶構成
就像眞摯的淚水一般無顏色。

向星輝斑斕處漫溯

〈小舟〉是蓉子名詩之一，如油畫般厚重的筆觸、簡單的構圖場景，把生命的奮進、孤獨與壯美，表現得淋漓盡致。簡言之，這是蓉子以文字譜寫的「命運交響曲」，小舟以無畏的勇氣，向廣大的未知出發，在日月、星辰、海風……永恆無垠的壯美陪襯下，展現了人意志的尊嚴，格外煥發出一種宗教感來。法國小說家雨果曾說：「我前進，我前進，我不知究將到達哪裡？但是我前進！」——「小舟」可說便是雨果此一生命誓辭與對人類讚美的詩歌化；於是，蓉子筆下「劃破茫茫大海」的小舟，不僅是你、是我，更是全人類的隱喻了。

〈白露〉一詩，則呈現了秋之素顏與詩人素心的靜婉交融。蓉子以清寧的語調細訴，從天候節氣變化，轉至秋的觸感——如絲綢般滑過肌膚的涼風，與秋的感觸——「親情在不可企及的遠方」，以及，高掛藍寶石天空的明月、真摯透明的淚水……，所有鋪敘其實亦出自一顆「全無雜質的」水晶之心，真摯無色，清瑩明淨，與詩題〈白露〉相呼應，是一首讀後亦令人濾除心頭「雜質」的詩。

羅門

*本名韓仁存，海南文昌人，曾任職民航局，藍星詩社社長。作品涵蓋詩、散文、評論等領域。著有《羅門創作大系》等。

搶劫與強暴

在深夜暗淡的街燈下
她身上擺動過來的曲線
　與他的視線接上
她項間垂掛的珍珠
　與他的眼珠碰上
她胸前聳起的乳峰
與他經常走險的長白山
　　　　對上
整個視覺空間
便陷入原始可怕的蠻荒
看不見教堂法院與警察局
　便什麼都能做

戰爭縮影

在坦克車犁過的土地
　火箭穿破的天空
炸彈爆開的原野
槍口開出一朵朵勝利
　一朵朵光榮

一朵朵不朽
炮口開出一朵朵苦難
一朵朵鄉愁
一朵朵死亡

一隻鷹便直繞著
黑色的墳與白色的紀念碑
來回飛

向星輝斑斕處漫溯

素有「都市詩國發言人」之稱的羅門，曾大量以都市現象為創作題材，此處所選〈搶劫與強暴〉即其都市詩一例。在此詩中，羅門結合現代都會常見的兩種犯罪模式，探討人性‧誘惑課題；在寫法上則運用類疊與聯想——前者如：「曲線／視線」、「珍珠／眼珠」、「接上／碰上／對上」，後者如：乳「峰」／盜賊聚集的長白「山」——既製造緊張的戲劇效果，也抽絲剝繭拉出都會犯罪線索。末段直指都市文明與「原始蠻荒」實僅一線之隔，但對此一線——道德法律防線——卻給予了絕對的肯定。

至於寫於上世紀的〈戰爭縮影〉一詩，置於中東戰火益熾的本世紀來看，則簡直是一真實無比的預言。此詩無需任何詮釋，便可讀出其中的血腥、殘酷、傷痛與荒謬。值得注意的是，本詩句型排列，刻意出以槍炮羅列陣勢，末句「來回飛」又降至文字底線，把情緒拉到最低——這種視覺上的暗示，強化了悲劇性與現場感，所呈現的，正是令人痛苦不安的「戰爭縮影」！

錦連

*本名陳金連，彰化市人，曾服務於鐵路局，退休後教授日語。笠詩社發起人之一。著有《錦連詩集》與翻譯等多種。

軌道

被毒打而腫起來
有兩條鐵鞭的痕跡的背上
蜈蚣在匍匐　匍匐……
臉上都是皺紋的大地癢極了

蜈蚣在匍匐
匍匐在充滿了創傷的地球的背上
匍匐在歷史將要湮沒的一天

無題

我忽然直覺
緊握著的拳頭裡
有鑽石

鬆開的手掌裡
我卻
發現了失望

海嘯

——車過通霄海邊

陷下去又鼓起來
大海
使盡全力在說話著

溼潤的心靈中
我逐漸感受到偉大存在的律動
——我想我領會了大海的言語

陷下去又鼓起來
大海
使盡全力在訴說著

向星輝斑爛處漫溯

日據時期從「鐵道講習所」畢業後，便始終在彰化火車站工作的錦連，寫詩六十年，服務鐵路界四十年，其創作不乏反映鐵道經驗之作品，因被譽為「鐵路詩人」。〈軌道〉一詩即其獨樹一幟的「鐵路詩」代表作之一，深刻書寫了一位富人文氣息的鐵路工作者，對鐵道文明的省思。

在錦連筆下，鐵軌是「被（人類）毒打而腫起來」的鐵鞭「創傷」，火車是匍匐前進的「蜈蚣」，蒼老的大地之臉被人類騷擾得「癢極了」，「地球的背上」亦布滿人類文明肆虐的傷痕，但科技文明的「蜈蚣」仍在匍匐前進，直把人類帶往「歷史將要湮沒的一天」！——單純的鐵路意象外，火車、軌道實已被視為科技文明破壞自然的象徵——於是，從鐵道文明延伸至人類歷史，寓批判於反省，錦連此詩實展現了宏觀、前瞻的思考與關懷格局。

〈無題〉一詩則將視野從大我、地球、歷史、未來，拉回至小我、掌中、眼前、當下，對奮鬥意志與決心給予「鑽石」等級的評價；對消極放棄的頹唐心態不僅不予評價，且直接表達嗤之以鼻的失望。全詩簡潔直捷，清楚有力，「鑽石」與「失望」相互對照，在詞性的不對稱中，更暗示了兩種人生態度的難以並提。

〈海嘯〉就副標來看，是錦連車行通霄海濱所見所感所思與所悟，其悟即為「領會了大海的言語」、「感受到偉大存在的律動」。而「大海的言語」、「存在的律動」是什麼呢？錦連告訴我們，就是「陷下去又鼓起來」、「陷下去又鼓起來」……周而復始、永不疲倦的循環！——深情的凝視、專注的傾聽、單純的文字、忠實的模擬，細味此詩，確令人充分感受到偉大雄厚的海水律動與力量，正穿越紙面一波波推湧而來！——在台灣光復後才艱困自修中文的錦連，詩創作不依傍理論，不追逐技巧，默默耕耘一甲子，開花結果，俱皆如此誠懇樸素的詩。

余光中

*福建永春人，美國愛荷華大學藝術碩士，藍星詩社發起人之一，現任中山大學光華講座教授、「搶救國文教育聯盟」召集人。作品涵蓋詩、散文、評論、翻譯諸領域。著有詩集《高樓對海》、散文集《青銅一夢》及論述等八十餘種。

鄉愁

小時候
鄉愁是一枚小小的郵票
我在這頭
母親在那頭

長大後
鄉愁是一張窄窄的船票
我在這頭
新娘在那頭

後來啊
鄉愁是一方矮矮的墳墓
我在外頭
母親在裡頭

而現在
鄉愁是一灣淺淺的海峽
我在這頭
大陸在那頭

山中傳奇

落日說黑蟠蟠的松樹林背後
那一截斷霞是他的簽名
從啖紅到燼紫
有效期間是黃昏
幾隻歸鳥
追過去探個究竟
卻陷在暮色，不，夜色裡
一隻，也不見回來
——這故事
山中的秋日最流行

獨坐

一整個下午電話無話
最後是再也分不清楚
是我更空些還是空山更空
只隱然覺得
晚春，只剩下一片薄暮
薄暮，只剩下一隻布穀
用那樣的顫音
鍥而不捨
探測著空山的也是我的深處

向星輝斑斕處漫溯

〈鄉愁〉是余光中流傳最廣的一首詩，號稱「有華人處即有『鄉愁』」。此詩將人生分成四階段，而以鄉愁主題將它們聯繫在一起。由於少小離家、兩地相思、中年喪親、遲暮渴望葉落歸根，為世人普遍共同的經驗，余光中書寫此普世經驗，出以平易近人的文字與朗朗上口的歌謠體，故能引起廣大共鳴。詩末更以一灣清淺，點出台灣新住民血淚心聲，映現兩岸時代滄桑，輕淡的筆觸背後所負載的，其實，卻是無比沉痛的情感重量、生命重量，與時代歷史的重量。

〈山中傳奇〉則為小品風味十足的趣詩。此詩題詠之景物如：落日、秋山、松林、斷霞、歸鳥，皆尋常可見，並不「傳奇」；但余光中以斷霞為落日之「簽名」，簽名且有「有效」期限，又賦予林中歸鳥以偵探性格，演出神祕的失蹤情節之餘，還成為秋山時髦的「流行」！——全詩一反傳統落日、黃昏文學的傷感低調，卻出以幽默與充滿喜感的新意，展現了一種超現實趣味，確為「山中傳奇」。

至於饒富唐人五言絕句風韻的〈獨坐〉，則鋪敘了一段晚春情事——在一個電話失聲、僅一座空山與一隻布穀鳥相陪的午後，天清地寧，世界變得簡單輕鬆起來，獨坐此境的詩人忽湧生一種貼近自己的喜悅。余光中以感性抒情的筆法，演義他的清寂美學，呈現獨、空、深之境，令人神往之外，也啓示了我們，電話無話，不僅是「獨」坐的開始、「空」靈的開始、回歸內心「深」處的開始，更是——詩的開始。

洛夫

*本名莫洛夫，湖南衡陽人，淡江大學英文系畢業，創世紀詩社創辦人，現居加拿大。著有詩集《漂木》及散文、詩論等多種。

蛇店

隔著鐵絲籠
冷眼
瞅著那把雪亮的刀
蠕動著
千年前就已潛伏的絕望
有毒一刀
無毒也一刀
梟首而後剝皮
嘶的一聲

好一身又白又嫩的赤裸
而後腰斬
而後熬成一鍋比淚還濃的湯
至於肝膽
聽說吃了可以使眼睛發亮
比刀子更亮

剔牙

中午
全世界的人都在剔牙
以潔白的牙籤
安詳地在
剔他們
潔白的牙齒

衣索匹亞的一群兀鷹
從一堆屍體中
飛起
排排蹲在
疏朗的枯樹上
也在剔牙
以一根瘦小的
肋骨

給瓊芳

你兜著一裙子的鮮花從樹林中悄悄走來
是準備去赴春天的約會？
我則面如敗葉，髮若秋草
惟年輪仍緊繞著你不停地旋轉
一如往昔，安靜地守著歲月的成熟
的確我已感知
愛的果實，無聲而甜美

行過漁人碼頭

一隻海鷗飛過頭頂
稀白的糞便
吧的一聲
掉在我的帽子上
好準
比甚麼
「詩人是世界的良心」
準多了

向星輝斑斕處漫溯

明代文學家徐文長曾說，若一首詩讀來「果能如冷水澆背，陡然一驚，便是興觀群怨之品。」持此觀點看洛夫〈蛇店〉、〈剔牙〉兩詩，顯然便是此令人「陡然一驚」的醒世之作。

〈蛇店〉一詩是蛇的哀歌，詩人譜寫此族類「絕望」的身世故事，並說其悲哀與絕望，是「千年前」、遠古老祖宗時代就存在了的——「有毒一刀／無毒也一刀」，只要落入人手，無一倖免！洛夫以零距離現場直擊方式，同樣「冷眼」記錄殺蛇過程，鉅細靡遺，堪稱華西街寫真。而詩人顯然是同情蛇的，但蛇湯「比淚還濃」，顯示事實勝於雄辯，也只能寫詩為其誌哀而已。末句「比刀子更亮」在不動聲色中語含嘲諷，更添蛇的悲情。

〈剔牙〉詩分二段，恰成殘酷對照。畢竟，都是享受美食後的剔牙動作，但前段剔牙者是人，用牙籤；後段剔牙者是兀鷹，用肋骨；而全球富裕地區大眾，對此第三世界苦難卻渾然不覺，或漠不關心，仍悠然「安詳」以潔白牙籤剔他們潔白之牙！「潔白」一詞兩度使用，更凸顯或說譏諷了世人罔視苦難、置身事外的淡漠自私。全詩寫非洲貧民與兒童的悲劇，寓深刻批判，語勢冷厲，看似不起一絲情感波瀾，實則充滿強烈的人道主義關切與哀傷的惻隱情懷。兀鷹以人骨剔牙的文字鏡頭，怵目驚心，其震撼效果尤不亞於一張現場採訪的新聞照片。

〈給瓊芳〉則是一首情詩，瓊芳為洛夫愛妻名。全詩歌詠婚姻中相知相守的愛情，並不因歲月流轉、形體衰萎而稍變，卻反因時光醞釀而益趨成熟，委實甜美。不過本詩特別值得注意的是其形式。這是洛夫獨創的隱題詩——標題或詩之核心主題，隱藏在詩內，鑲嵌為每句首字或末字（請讀者回頭再讀本詩每句第一個字，便可發現個中奧妙）——高創意、高難度的詩藝，在暗藏玄機中，既具足詩的質素、美學要求，又富含一般詩所闕如的趣味，使詩之欣賞亦成解碼藝術與遊戲，倍添悅讀之樂，令人由衷歎服。

至於〈行過漁人碼頭一〉則是詩人自嘲兼調侃同行的幽默小品。舊金山漁人碼頭海鷗群集，鳥糞落於行人身上本屬常見；但洛夫卻煞有介事、繪聲繪影細寫鳥糞狀態——稀、顏色——白、墜落情景——吧的一聲、墜落地點——我的帽子上，且欣然讚曰「好準」！又將「詩人是世界的良心」一語與「鳥糞」並提，更不忘天外飛來一筆，直指此語準確度還不如鳥糞掉落行人衣帽來得精確，可謂諧謔揶揄挖苦之至，雖博君一粲，或也別寓自省之意。

向明

＊本名董平，湖南長沙人，曾任副刊編輯、台灣詩學季刊社社長，現專事寫作。著有詩集《陽光顆粒》及論述等多種。

生活六帖之三

對付一只
犯嘀咕的水喉
我們只要略施手腳
便使它寧靜了

然則，我們怎樣使自己寧靜呢
我們身上湧動著
千百萬條
慾望的
蛆蟲

還鄉的短章之二

淚洗過後 是
驚悸 是啞然如
蹲在門口對望的石獅子

從哪裡說起呢
集了四十年要說的話
一說 都憋成了
一個痛字

雄雞

不鳴則已
一鳴
便喊出一個
火辣辣的太陽

誰說詩一定要寫才算
抖一抖翅膀
富麗
絕對不輸三百篇

向星輝斑斕處漫溯

雕刻大師羅丹曾說：「夢與慾望永遠不會死！」夢想不死，是人生中一件美麗的事；但慾望不死，卻是一種煩惱——〈生活六帖之三〉所寫便是這苦惱的生之無奈。向明以貼切易懂的生活事物——水龍頭——和慾望做對照，指水龍頭滴答不停固令人心煩，但這種煩惱何其容易應付？相形之下，人一生被無數慾望糾纏騷擾，如何才能獲致真正的身心寧靜？詩末以「蛆蟲」強調慾望蠢蠢欲動的本質及對生命的腐蝕，全詩進行一帖生命的速寫，所顯影的正是人與自己一生的戰役。

〈還鄉的短章〉詩題曰「短章」，所述卻是漫長的時代悲劇。向明寫睽隔多年的親朋故舊相逢，「驚悸」之餘，相對無言，只能默默垂淚。一句「從哪裡說起呢」，黯然問天亦自問，實道出兩岸四十年無情裂變與滄桑。結語以「痛」字涵括一切，迷你的返鄉文學，倒更是不折不扣的傷痕文學！

充滿英雄色彩的〈雄雞〉，則是一闋明朗熱情的讚美詩。此詩前半段自雄雞引吭高啼切入，帶出音色嘹亮的聯想；「喊出一個／火辣辣的太陽」，光熱灼灼，較諸李賀名句「雄雞一聲天下白」，更生動出色有力。後半段益以雄雞振翅、彩羽斑斕、神態昂揚的鋪敘，直指其黎明行動「富麗」如詩，甚至抵得過一部詩經！——鮮明高華的題詠，前所未見的類比，向明此詩，實是最令人難忘的雄雞頌。

管管

＊本名管運龍，山東青島人，曾任職廣播電台，並演出電影二十餘部。著有詩集《管管世紀詩選》及詩畫集《茶禪詩畫》等多種。

牆

不必去推倒那面牆
跳過去
就是原野了

母親的臉

母親的臉是夏夜的藍空
夏夜的藍空是天上的繁星
天上的繁星是母親的眼睛
我抬頭她在看我
不抬頭她也在看我

荷花是黑夜這個人手裡提著的燈

且聽遠處蛙鼓琴琴
那就是青蛙給荷花唸的經
一枝一枝的荷花
便是姓黑名夜這個人
手裡提著的燈

向星輝斑斕處漫溯

宛如一帖禪機四出的偈語，又似一則精采勵志的座右銘，管管〈牆〉一詩中，「牆」與「原野」分別是「障礙」和「遼闊自由」的象徵，「跳過去」意謂「超越」──短短三行，海闊天空，從容自在；是積極正向的思考、輕鬆可喜的哲學、高明瀟灑的境界，但卻也是最知易行難的道理。

〈母親的臉〉原詩附管管自注：「我愛喝奶，即使九歲大了，媽媽早就沒奶水，我仍然吵著要喝，媽媽背著我到村子裡找有奶水的年輕媽媽，要來一碗香甜的乳汁，但我又不願承認那是我要的。十九歲離家，之後的每一天，我反覆想著十九歲以前和媽媽做過的事。」──慈母形象如歲月中永不風化的浮雕，十九歲後不斷泅泳至記憶上游，為的便是從中汲取愛的力量吧！於是，以溫柔俯視人間的「夏夜的藍空」、「天上的繁星」，和兒時總溫柔俯視自己的母親產生聯想，實屬必然。「我抬頭她在看我／不抬頭她也在看我」是此詩最感人的兩句，母愛無時或已、無遠弗屆的守護神形象，乃呼之欲出。

〈荷花是黑夜這個人手裡提著的燈〉則是一首有聲有色、有光影明暗的狂想詩。管管跳脫邏輯，放縱想像，馳騁妙意，將夏荷盛綻、群蛙齊鳴的黑夜，寫成一則幸福甜美的成人童話；在這則童話裡，我們微笑相遇的，是一顆何其浪漫幽默、充滿喜感的詩心！

大荒

*本名伍鳴皋，安徽無為人，隨軍來台，曾任國中教師。著有詩集《剪取富春半江水》及散文、小說等。

綠珊瑚

一身是骨
嶙峋，槎枒，亭亭如綠寶石
連一片葉子也不要
栽一株於陽台
誰都說像一首我的詩

向星輝斑斕處漫溯

綠珊瑚，是一種無葉灌木，碧枝縱橫歧出如珊瑚，故名。大荒顯然深愛綠珊瑚，不僅栽之於陽台，朝夕相對，更把自己對詩的期許——不媚俗、向人間多元探索、追求明朗活潑風格、放棄裝飾、歸真返璞等詩觀——投射在這有枝無葉、非常性格的植物上。有詩如綠珊瑚，正是大荒嚮往的詩境與作品評價，因此悅讀此詩，如能至園藝行或找到一株綠珊瑚品味其風神，當對此詩與詩人理念有更豐富具象的體會。

丁文智

＊山東諸城人，師範畢業，現爲乾坤詩社同仁，創世紀詩社社長。著有詩集《能停一停嗎，我說時間》及小說集等。

年齡

對稚弱的孩子
該當有多大的誘惑力啊
給我帶來的是一萬層悲傷
非我悲觀失望
因它把我寶貴的生命一絲一毫的削光

我既無法逃避
又有何力量反抗
唉！默默地忍受了吧
你這強硬的造訪

向星輝斑斕處漫溯

丁文智有詩集《能停一停嗎，我說時間》——書名充分反映了他在「歲月／人生」這個課題上的關注。〈年齡〉一詩延伸同樣關注，但不論是「一萬層悲傷」的自白，抑或光陰將青春無情「削光」的傾訴，乃至無法「逃避」、「反抗」，只能「默默忍受」的困境鋪陳，其實都已在無奈中，自我回答了時間「能停一停嗎」的叩問。全詩以隔句押韻形式，書寫年華漸增感慨，一路低調，卻在結語迅雷不及掩耳，亮出一記回馬槍，控訴年齡「強硬的造訪」，反擊慓悍有力，共鳴之餘，令人稱快！

麥穗

*本名楊華康，浙江餘姚人，中華民國詩學會理事長，《海鷗詩刊》同仁。著有詩集《荷池向晚》及散文、評論等。

吃刀削麵記

將鄉愁削得薄薄的
看它漫自飛舞成
寒冬白雪
一片一片地飄進
記憶中那塘小小水池
剝開一瓣瓣大蒜
如剝開一樁樁深藏的
往事
將它和著麵一起咀嚼
嚼成一腔辛辣
辣出滿眶熱淚

後門

後門
永遠是虛掩著的
門口像灑遍了乾冰
透著一股隱隱約約的
神祕
因爲是虛掩著的

所以不必通報
更毋須按門鈴
但有一事務必注意
要進去前
先得瞧瞧
周圍有沒有旁人

向星輝斑斕處漫溯

吃刀削麵嚼大蒜，據云美味過癮，號稱絕配，但如此「麻吉」組合，卻吃出詩人麥穗「滿眶熱淚」，箇中原因非關辛辣，卻是牽動了鄉愁之故。麥穗以入鍋的刀削麵片，和故鄉寒冬飛舞、飄進水塘的「白雪」，相互聯想；以令人落淚的辛辣大蒜和「深藏的往事」，彼此指涉，分兩段式訴諸視覺與味覺，而統合於鄉愁主題下，平淡日常的飲食記事，遂有了情感的深度，與傷痛的強度。

頗富揶揄意味的〈後門〉則截然不同於前詩之傷感。此詩從一般後門印象——「虛掩」、「神祕」——切入，一落筆便是諷刺，繼則揭露走後門者難以光明磊落之鬼祟行徑，令其原形畢露，極為傳神，實可與麥穗另一諷刺詩〈霧〉並觀——

老是朦朦朧朧地／讓人猜不透／朦朧背後／到底有多少風景
在樹面前／它總想一把罩住一座林／遇到山岩／就擺出一副低微之態／繞著它／卑躬屈膝
霧／雖見不得陽光／卻能使人迷失方向

——兩詩均對人性現實有犀利觀察，堪稱具體而微的職場，或官場現形記。

張默

＊本名張德中，安徽無爲人，《創世紀詩刊》創辦人，現任《創世紀》雜誌總編輯。著有《張默世紀詩選》及評論集等，並編有詩選多種。

貓

不停地在我的稿紙上種植，以及潑墨
把大幅大幅心靈的山水
一骨碌地鏢出去

它的細碎的腳步
也是很山水的

鞦韆十行

在感覺的風中
大地不斷地傾斜
汝以柔弱的手臂，輕輕把世界揪住，
青天在耳膜中，晃盪
河流在腳底下，喘息

愈是緩慢，彷彿重量離咱們愈近
愈是神速，依稀光陰總站在前頭
一會兒山，一會兒水
其實並沒有兩樣
不管被拋得多遠，終點也就是起點

向星輝斑斕處漫溯

張默〈貓〉一詩令人想起詩人羅青曾說：「詩是一隻蹲在心眼裡的貓，每個人都有一隻，只是不常放出來走動。……詩是一隻全身動員起來的貓，蹲在那裡，全神貫注看一樣東西，觀察一個目標。」張默此詩所寫，便是那被「放出來走動」的貓——靈感。那是詩人平日用心觀察、感受世相的結果，當時機成熟，這充滿能量的「貓」遂開始在詩人「稿紙上種植，潑墨」，且將詩人大幅「心靈的山水／一骨碌地鏢出去」！貓腳步雖細碎，卻充滿爆發力，而爆發力背後，則是一段山山水水、蘊蓄累積的過程。「山水」在詩中重複兩次，前者指詩人心中風景，是名詞；後者暗示曲折複雜，為形容詞。全詩以貓強勁完美的「鏢」出動作，喻水到渠成的詩創作，簡潔生動有趣，很難不攫住讀者心、眼。

而以十行寫鞦韆，張默從輕緩擺盪、有風初起落筆，「大地不斷傾斜」一句，視景產生變化，人在半空的感覺便出來了。「輕輕把世界揪住」是輕輕攀住鞦韆繩索，這時，我們和世界維持若即若離的關係——晃盪的不只是青天，更是軀體；喘息的也不只是河流，而是興奮且微帶緊張的一顆心。

此詩第一段訴諸感覺，採寫實手法；第二段則隱喻人生，充滿象徵——因為就像鞦韆一樣，詩人說，若行進節奏緩慢，生命便顯滯重；但任憑如何加速，誰也追不上時間，因為「光陰總站在前頭」。鞦韆來回擺盪，也正如人生起伏，視野往往不同；景觀雖難免有異，但「其實並沒有兩樣」，因為不管被拋得多遠，詩人說，終點也就是起點！——十行鞦韆，高低起伏，所負載的，正是一段宿命但仍值得擺盪的里程！

辛鬱

＊本名宓世森，浙江慈谿人，從軍多年，曾參與八二三炮戰受傷，現爲國軍詩歌研究會召集人。著有《辛鬱世紀詩選》等。

金甲蟲

打右首飛來一隻
金甲蟲
打左首飛來一隻
金甲蟲
前前後後飛著的
金甲蟲金甲蟲
帶著尖銳的鳴叫
使生的痛楚
成爲永恆

時間的金甲蟲
密密麻麻的飛來
噬蝕著生的綺麗
一點也不留情

心事二寫之一

要說你沒有心事
誰相信
樹梢一隻蜘蛛正織網

你的心事已經被纏入
問題是 它是豎的一絲
還是橫的一絲呢

誰說你沒有感情
你看 蛛網上一滴朝露
正在墜地
你的心事直直落

向星輝斑斕處漫溯

辛鬱〈金甲蟲〉是艷麗悲涼的一首詩。此詩寫深夜飛至室內的小甲蟲，前仆後繼投向光源，如一場熱鬧嘉年華；但羽翅金燦的小甲蟲，一生嘉年華僅此一夜，活潑綺麗的生命如此短暫，這種「生的痛楚」卻是一種「永恆」，於是其鳴聲在詩人聽來，遂格外顯得「尖銳」了。本詩第二段由金甲蟲「密密麻麻的飛來」，占領光源，彷彿正一點點「嚙蝕」明亮完整的發光體，聯想至歲月對生命點點滴滴的消耗，於是金甲蟲在此意義一轉，又成為蠶食生命的一種象徵。雖然金甲蟲在本詩具兩種意涵，但其金光流轉之間，詩人哀生命須臾、歎時光無情的感傷卻是前後一致的。

〈心事二寫之二〉則以蛛網喻心事纏結，新添心事，更如蜘蛛正擴大編織的網，是「豎的一絲」還是「橫的一絲」已分不清了；而當一滴朝露自蛛網跌落，那承受不住重量、「直直」墜地的情狀，實洩露了看似「沒有感情」的「你」，所掩藏不住的心情。詩中的「你」可視為他人，但亦可能是詩人自己，正進行自我對話。辛鬱有詩〈在那張冷臉背後〉，此詩寫冷臉心事，寂寞之外，更多的卻是滄桑。

非馬

*本名馬爲義，廣東潮陽人，美國威斯康辛大學核工博士，曾在美從事能源研究多年，現專事寫作。著有《非馬詩選》及譯著多種。

梯田

胼手胝足
在陡峭的山坡上
造綠毯的階梯
給神踏腳
登天

鳥籠

打開
鳥籠的
門
讓鳥飛
走
把自由
還給
鳥
籠

蚱蜢世界

1

奮力一
躍
發現頭頂上
還有一大截自由的空間
頓時
鬱綠的世界
明亮開闊
壓抑不住的
　　生之歡愉
此起彼落
　　彈性十足

2

奮力一
　躍
　　驚喜發現
　　　天空仍高不可及
　　　大地仍遼闊無邊
　　　夏綠仍溶溶漫漫
　　　生命還沒有定義

以「綠毯的階梯」喻梯田，其實是常見的形容，但非馬〈梯田〉一詩更進一步指出綠意的耕耘、地毯的編織、階梯的打造，是為了「給神踏腳／登天」，於是，此階梯與「造梯」工作之莊嚴性和神聖感便出來了。全詩從遠距寫梯田景觀，雖無「農夫」二字，卻正彰顯了這群默默工作者無名英雄的特色。〈梯田〉一詩，實堪稱非馬獻給「在陡峭的山坡上」「胼手胝足」耕耘的農夫，最虔敬的禮讚。

〈鳥籠〉則是非馬名詩，曾多次被轉載與討論。此詩僅十七字，卻分三段，但形式上如此特殊設計卻有其必要。請注意此詩單獨成行的四個字：門、走、鳥、籠，都是關鍵——門，是自由的樞紐，它的開闔與否，決定了自由之有無；走，是投向自由的動作，門開啓而不走，自由仍然不存在；但是打開鳥籠的門，是把自由還給誰呢？一般回答自都是「還給／鳥」，但非馬超越衆人平凡思維局限，把「籠」也納入獲得自由的行列，於是一首平常小詩便因這畫龍點睛的神來之筆，而精采深刻起來！因為把自由還給「籠」的觀點暗示了——禁錮的施加者也是不自由的，在箝制他人的過程中，其實自己也往往陷入無形的囚籠；唯有鬆解禁錮，還他人自由，禁錮者也才能走出自囚的牢籠。

對「自由」課題似充滿高度興趣的非馬，尚有鳥籠詩多首，其中最值得注意的是寫於一九九五年的「鳥．鳥籠．天空」，距此處所選〈鳥籠〉（一九七三）已有二十二年之久，全詩如下：

打開鳥籠的／門／讓鳥自由飛／出／又飛／入

鳥籠／從此成了／天空

此詩較諸〈鳥籠〉更其精采的是——鳥籠成了天空，鳥在籠之內外自由進出，無入而不自得——籠、鳥、自由的辯證關係推展至此，可說已是莊子「無內無外」哲學最高境界之演義。

延續這種反覆辯證精神，與習慣，分兩單元上下論述的〈蚱蜢世界〉，同樣也就「海闊天空」命題展開多重思考與內在對話。此詩第一單元寫夏日蚱蜢自草叢「奮力一／躍」，世界由「鬱綠」而「明亮開闊」，自由自在，那是蚱蜢「生之歡愉」的小宇宙。第二單元則由這小宇宙轉進至「高不可及」的天際、「遼闊無邊」的地平盡頭、「溶溶漫漫」的夏之邊疆——一個無限開放的大宇宙；在此不見邊際的大宇宙裡，生命充滿無限可能，故曰「還沒有定義」！此詩末四句，指向高遠宏觀的視野與意境，令人眼界胸襟為之大開。詩中「蚱蜢」其實亦是人類的隱喻，「蚱蜢世界」雖小，卻元氣淋漓、希望無窮、猶待定義！——餘音裊裊的結語，尤令人振奮歡喜、擊節稱賞；細加玩味，實是一首無比雋永的詠物詩與寓言詩。

方旗

＊本名黃哲彥，台北市人，美國馬里蘭大學物理博士，現居美國。著有詩集《端午》等。

蔗田

糖廠的煙囪拖拉小火車
沿土地的刀疤馳去
空氣裡充滿糖分
沉澱在蔗農身上，卻是鹽漬

向星輝斑斕處漫溯

這是一幀鮮明的蔗田文字速寫，以小喻大，似輕實重，詩人方旗指出：甜蜜可喜的糖，實結晶自勞動階級辛楚的工作！蔗田空氣充滿「糖分」，和蔗農身上沉澱的「鹽漬」，尤尖銳凸顯了甜與鹹、坐享收穫者與揮汗勞動者的對比。小火車將甘蔗運往糖廠煉製的描繪是蔗田另一景。「刀疤」指鐵軌，其傷痕意象和錦連〈軌道〉一詩所言不謀而合。全詩文字底線平齊，充滿強烈土地暗示：蔗田的故事，便是土地，與土地之上的人的故事！細加體會，當發現這實是一首向勞動者致意、令四體不勤的消費者感愧無言的詩。

白萩

*本名何錦榮，台中市人，台中商專畢業，笠詩社發起人之一。著有詩集《白萩詩選》及評論等多種。

天空

天空必有母親般溫柔的胸脯。
那樣廣延，可以感到鮮血的溫暖，隨時保持著
慰撫的姿態。

而阿火躺在撕碎的花朵般的戰壕
爲槍所擊傷。雙眼垂死的望著天空
充滿成爲生命的懊恨
不自願的被出生
不自願的被死亡

然後他艱難地舉槍朝著天空
朝天空射殺。

昨夜

昨夜來去的那一個人，昨夜
述說著秋風的淒苦的
那一個人，昨夜
以水波中的
月光向我
微笑的
那人

以落葉
的腳步走過
我心裡的那一個人
昨夜用貓的溫暖給我愉快的
那人
唉，昨夜來去的那一個人，昨夜
的雲，昨夜來去的那一個人。

向星輝斑斕處漫溯

白萩〈天空〉一詩一開始就出以強烈反諷，因為如「母親般溫柔」、隨時保持慰撫姿態的天空，並沒有慰撫垂死的阿火。詩人以「撕碎的花朵」，指控火線上的戰壕是一種傷痕似的存在；又透過阿火的憾恨，呈現生命不能以自由意志選擇出生與死亡的無奈；更藉阿火舉槍射殺「母親般」的天空，傳達出一種憤怒、絕望的情緒。阿火可謂戰場上所有含恨而死的士兵的代稱。全詩關懷、質問、抗議兼具，不論場景、意涵與所論議題（戰爭、命運），亦均富沉重迫人的悲劇性力量，是一首控訴生命意志和尊嚴遭殘酷凌遲的反戰詩。

〈昨夜〉則鋪敘一名男子對一名溫柔女子的深情懷想。「秋風的淒苦」意指命運的坎坷，「水波中的月光」象徵純淨，「落葉的腳步」則同時暗示了輕緩與別離——一個像雲，或貓般輕柔、令人難忘的女子；一場來去匆匆、注定悵然的愛情！全詩刻意出以零碎斷句，又在「昨夜」、「來去」、「那一個人」的喃喃重複中，帶出一種欲言又止的曖昧語勢，升起一闋充滿惆悵的詠歎調。詩中其實隱藏一個滄桑傷感的故事，是一首真正的「小詩」——小說化的詩。

隱地

*本名柯青華，浙江永嘉人，政戰學校新聞系畢業，爾雅出版社創辦人。著有詩集《生命曠野》及散文、小說等數十種。

四行

腳渴望自由
腳逃離了家
腳想要休息
腳要疲倦的主人回家

十行詩

風在水上寫詩
雲在天空寫詩
燈在書上寫詩
微笑在你臉上寫詩
小羊在山坡寫詩
大地用收穫寫詩
花樹以展顏的笑容寫詩
我和你以擁抱的身體寫詩
光在黑暗中寫詩
死亡在灰塵裡寫詩

隱地〈四行〉其實是一首無奈的詩，但其表現方法卻異常有趣。此詩每行第一個字都是「腳」，似乎要主人逃家又回家的教唆者便是「腳」，但如細加推想，便會發現，渴望逃家又倦極思歸的其實是「心」——「心」才是這一切行為幕後的主使者和發動者，「腳」不過是聽命的執行者，和詩人的障眼法罷了。此詩所寫實為人與家庭之間相互羈絆、牽制的依存關係。簡言之，家有時令人興起想逃離它的渴望，但一旦真正逃離，在外漂泊浪蕩，卻又往往如倦鳥般亟思歸家。〈四行〉所寫便是這逃離／回歸的擺盪關係。隱地以精簡準確的文字，呈現這種矛盾，把焦點集中在膝蓋以下部分，略去身分辨識，暗示世人莫不如此，如拍成動畫或電影，將會是非常深刻有趣的畫面。

〈十行詩〉則是感性十足的人間詠歎——有空靈（風在水上寫詩），有閒適（雲在天空寫詩），有溫暖的會心（燈在書上寫詩），有甜蜜的幸福（微笑在你臉上寫詩），有寧靜與安詳（小羊在山坡寫詩），有感恩與頌讚（大地用收穫寫詩），有愉悅與生機（花樹以展顏的笑容寫詩），有激情與纏綿（我和你以擁抱的身體寫詩），有希望與信仰（光在黑暗中寫詩），但也有黯淡與絕滅（死亡在灰塵裡寫詩）——吟遊歌謠的形式，輕鬆即興的類疊，結合了童心、哲思與藝術觀想——人間十行，生命十行，詩人所剪裁的實是一截歲月的光譜、心情的拓印，以及，思與感的吉光片羽。

李魁賢

*台北市人，台北工專畢業，曾任台灣筆會會長，現爲國家文藝基金會董事長。著有《李魁賢詩集》及散文、評論、翻譯等多種。

老實話

我開始老了
聽到開幕酒會
周年慶
新書發表會
和追悼會一樣的頌詞

我眞的老了
聞到自然的玉蘭花
人造的香奈爾
悶夏蒸發的體臭
和泥土一樣的味道

我確實老了
看到遊街示眾的神像
宣誓就任的官員
瘦身有成的演藝人員
和枯木一樣的格調

沙漠

是誰在沙漠上
架好的槍口
插上春天未到臨前
早開的鮮花

黃沙滾滾
花瓣上有天空的血跡

是誰在沙漠上
啞口的層層荒蕪中
羅列久久猶不肯瞑目的
望著天空的頭顱

黃沙滾滾
眼瞼上有天空的淚痕

向星輝斑斕處漫溯

似乎與安徒生童話〈國王的新衣〉相呼應，李魁賢〈老實話〉一詩自述其說真話的堅持。此詩先是反諷一般開幕酒會、周年慶、新書發表會的「頌詞」浮誇不實如「追悼會」；繼則感歎名牌香水、今人種植的玉蘭花，竟與體臭、汙泥一樣不忍卒聞；最後，更指民眾抬上街繞境巡行的神像、「宣誓就任的官員」、「瘦身有成的演藝人員」都和「枯木」一樣，無法讓人產生生命的感動。全詩一路拆穿虛假、批判墮落、痛斥浮誇，卻感慨自己大概「老了」，因為堅持說「老實話」，在這個衆人麻木沉淪的時代，顯得多麼不合時宜！全詩語調諧謔，嘲諷批判之外，卻也流露無比寂寞。

〈沙漠〉一詩既悼戰地死難者，也哀和平之艱難。此詩應是曾至中東旅行的詩人，親臨當地舊戰場憑弔後所寫。全詩提出兩個問題——是誰在槍管插上「早開的鮮花」？是誰在荒蕪的沙漠「羅列」死不瞑目的頭顱？——兩大提問暗示了愛好和平者與好戰分子是同時存在的；而花瓣有「天空的血跡」、死難者眼瞼有「天空的淚痕」，則是詩人悲憫與傷痛心情的投射——全詩既是慰撫沙漠陣亡士兵的一束鮮花，也是渴盼止戰的一葉祈禱文，所呈現的，正是台灣詩人突破島國局限、放眼天下的關懷。

西西

*本名張彥，廣東中山人，香港葛量洪學院畢業，曾任教職，現專事寫作。作品涵蓋詩、散文、小說領域。著有《西西詩集》等多種。

夏天又來了

夏天又來了
這種陽光折射的樣子
這種女子持傘的姿勢

光點子從樹葉上漏下來
灑在靜寂長街
一列暗色汽車的背上

行囊仍是去夏的
泳衣泛起的是肥皂味
誰知道哲學現在躲在哪裡
我的浮床就是我的上帝

蝴蝶和鱷魚

大無畏的鱷魚
畏懼蝴蝶，小蝴蝶
飛來，鱷魚趕緊閉上
眼睛，沉下水面
大衛用石頭打倒
巨人，蝴蝶以
溫柔、芬芳的
花粉

許多女子

許多女子
有一樁心事
廣爲人知
找尋白馬王子
倒不如遠赴茅山
求太乙眞人
一枝蓮花，三片荷葉
重塑凡身
好將肋骨還給亞當

向星輝斑斕處漫溯

西西〈夏天又來了〉是一首愉快的詩，一個「又」字點出了那種期待、歡迎的心情。而無論是太陽折射的角度、女人撐傘的姿勢、穿過葉隙灑在車上的光點，無一不是「夏天又來了」的明證。這樣的季節，詩人說，最宜延續去夏美好經驗——出外旅行或游泳；這樣的季節，詩人說，不需要哲學，只需要陽光和陽光心情——於是開心跳上吊床享受夏日時光，詩人高聲讚美：「我的浮床就是我的上帝」！全詩書寫一名人間女子夏日生活美學，輕鬆可喜，令人莞爾。

同樣令人莞爾的〈蝴蝶和鱷魚〉，舉蝴蝶可用花粉擊退鱷魚的自然現象，和少年大衛以石塊打倒巨人故事，相提並論，進行大／小、強／弱、剛／柔、成／敗、勝／負關係之辯證，對比鮮明，形象生動，堪稱童趣十足。

〈許多女子〉則道出世間女性渴望獲得獨立自主生命的心事。太乙真人為小說《封神演義》中神仙、哪吒師父，曾以無比神力，將一枝蓮花、三片荷葉合成哪吒肉身；而根據《舊約》〈創世紀〉記載，耶和華取亞當肋骨創造女人，即是夏娃——西西巧妙結合這兩樣東、西神話典故，揭示「許多女子」共同的祕密乃是——並不那麼醉心尋找白馬王子，卻渴望重塑自由完整之身，還肋骨於亞當。全詩以幽默、婉約方式呈現女性主義思想，道盡「許多女子」內心真正的聲音，其實是「許多男子」應讀、必讀的詩。

張香華

*福建龍岩人，師範大學國文系畢業，曾任教建國中學，並主持警察廣播電台節目。著有詩集《初吻》、詩畫集《貓，你喜歡我嗎》及翻譯等多種。

四像（選二）

生

亮麗的太陽流蘇裡，我們
是陽光撒下的一把金黃穀子
翻滾、播揚、跳躍
在每一寸時空的廣場

死

一項最偉大的發明
蠶絲和苧麻，都被

織就成一襲襲錦衣和夏裳
沒有人記起它們原先的
油綠和嫩黃

向星輝斑斕處漫溯

以生、老、病、死為主題，張香華「四像」呈現生命的四幅圖像，此處選其〈生〉、〈死〉兩帖，以略見其對生命的看法。第一帖〈生〉，以「翻滾、播揚、跳躍」彰顯生命的淋漓元氣，以「穀子」象徵希望與收穫的可能，「在每一寸時空的廣場」則傳達出樂觀的訊息，暗示機會無所不在。全詩以一枝金光四溢之筆，點出生的歡愉，背景明亮，節奏輕快而躍動。

至於在死亡課題上，詩人亦以泰然、坦然，甚至欣然面對的態度，指出這是造物者「一項最偉大的發明」。張香華以蠶絲／苧麻、油綠／嫩黃，象徵個別生命的差異；以「被織就成一襲襲錦衣和夏裳」代表生命的完成（「織就」主詞是時間、光陰、歲月）；以「沒有人記起它們原先的／油綠和嫩黃」強調死亡的公平，可謂完全出以理性冷靜的思維——於是結合生、死二帖以觀，我們所充分感受到的乃是詩人對生命圓融的觀照。

林煥彰

*宜蘭礁溪人，曾任中華民國兒童文學學會理事長，《聯合報》系副刊編輯。著有詩集《心燈》及兒童文學、論述等多種。

蘆葦

沉思。

蘆花
在秋風中
越搖越

白

堅持，堅持的本質

樹，堅持樹的樣子
山，堅持山的樣子
大地，堅持大地的樣子

不在畫中的我，堅持我自己的樣子

樹的樣子是，樹的堅持
山的樣子是，山的堅持
大地的樣子是，大地的堅持
我的樣子是，不在畫中的我的堅持

向星輝斑斕處漫溯

若略去首句「沉思」，林煥彰〈蘆葦〉便是一首單純，甚至單調的寫景詩。但嵌以關鍵的「沉思」二字後，此詩深度、高度與戲劇性張力乃立時呈現。簡言之，此詩所題詠的，是一幅人文風景；林煥彰引法國哲學家巴斯噶觀點「人是會思考的蘆葦」加以延伸，指出在考驗與衝擊中，蘆葦由於真誠的「沉思」，找到內在真理而「越搖越／白」！「白」象徵一種定靜、超越、純粹的境界——於是在人間蕭颯「秋風」裡，高擎著潔白的蘆葦，乃成為濁世中醒目、不惑的標竿！全詩雖僅十二字，但分成三段，刻意放慢節奏，「白」字更獨立成行，以凸顯其無染於塵埃的超卓感與崇高性，形式與內在意境相互呼應，堪稱絕妙小品。

〈堅持，堅持的本質〉詩題乍看如一句口號，全詩讀來亦彷彿繞口令，但詩人「堅持」以此直接方式彰顯其主題——「堅持」，我們一路讀來，遂也充分感受到那貫徹始終、絕不妥協的「堅持」本質。全詩以樹、山、大地、我進行兩段式鋪敘，前半段舉出具堅持特色的範例，後半段就這些範例為「堅持」做出具體定義——詩人意在告訴我們，堅持就是忠於真實的自我，一路走來，始終如一，這樣我們才能活出自己真正的「樣子」！至於強調「不在畫中的我」，是因為人像畫往往美化失真，故特明言是此非彼——是人間風雨、現實生活中的「我」，而非畫中之我！全詩寓深意於趣味，所呈現的，正是堅持者清晰執著的堅持形象。

席慕蓉

＊祖籍蒙古，比利時布魯塞爾皇家藝術學院畢業，新竹師院教授、內蒙古大學名譽教授，現爲專業畫家。著有詩集《我摺疊著我的愛》及散文集、畫冊等五十餘種。

試卷

這麼多年都已經過去了
縱使我的靈魂早已洞悉一切
爲什麼　你給我的這份試卷
對我的筆　卻還是祕密
還是難以作答的謎題

這就是會落淚的原因嗎
這一生的狂熱　一生的揮霍啊
在最後　只能示之以
無關的詩

我的願望

不希望　我愛的詩人
最後成爲一間面目模糊的
小雜貨鋪
也不希望他成爲　一本
眾人推崇的　百科全書

我只希望
他能依照著生命的要求去成長
開自己的花　結自己的果

在陽光下
或者長成松　長成柏
或者　長成爲一株
在高高的岩岸上正隨風搖曳的
瘦削的　野百合

向星輝斑斕處漫溯

席慕蓉〈試卷〉一詩，令人想起挪威畫家孟克名作《吶喊》，兩者都表現了強大的生命哀感與悲劇意識；不同的是《吶喊》出以外顯四溢、極端激烈的痛苦表露，〈試卷〉則在濃厚的抒情色彩中傾吐著詩人內在疼痛的愛。的確，因為愛──痛愛日夜流轉的歲月、在歲月中所感知的幸福，以及「巨大到只能無奈地去 浪費」的美，卻又不能了解這一切瑰麗驚心的存在究竟為了什麼？──「這就是會落淚的原因」！於是面對無解的存在謎題、生命試卷，詩人只有傾其全部痛愛，「示之以／無關的詩」！席慕蓉曾說：「無從橫渡的時光之河啊／詩 是唯一的舟船」，此處卻以「無關」二字強調詩的徒勞，顯見其哀感、困惑與質疑之深。全詩以藝術手腕處理虛無的哲學議題，屬於詩人這難以作答的命題，又何嘗不是所有人類共同的「試卷」呢？

相形之下，〈我的願望〉一詩則充滿了清朗的人間性。席慕蓉坦言，她心中理想詩人的典型是──個性鮮明純粹、雍容大度（不是「面目模糊的小雜貨鋪」），真誠獨立、不取悅大衆（不是「衆人推崇的百科全書」），忠於自我、自成一格（「依照著生命的要求去成長／開自己的花 結自己的果」），一如陽光下的松、柏與百合！其中，百合特冠以「高高的岩岸上」、「隨風搖曳」、「瘦削」、「野」等形容詞，可見其對所愛詩人在藝術風骨和美學人格上的要求。全詩以認真口吻娓娓道來，既是席慕蓉個人「願望」自述，應也是其自勵自許的標竿。

喻麗清

＊浙江杭州人，台北醫學大學藥學系畢業，曾任海外華文女作家協會會長，現居美國。
著有詩集《未來的花園》及散文、小說、兒童文學、報導文學等多種。

皺紋

石頭是青山的皺紋
波浪是海洋的皺紋
歲月在我們臉上
留下年輪
作爲記憶的代言

手術檯上
一一拉成平坦的面容
像毀滅後重建的
廢墟
千金難買
深情與眼淚
失去的故事
已然奔流而去
不再復活

皺紋是我們
悲欣交集的墓誌銘

我寫

我心中的愛……
　多到無處可放的時候，
我寫。
　心柔念淨的時候，
我寫。
　寂寞孤獨的時候，
我寫。
我無端起伏的心情……
　激得水花四濺的時候，
我寫。

我活得好累好辛苦的時候，
　我便垂著眼淚，說
「我感謝我能寫。」

向星輝斑斕處漫溯

對女性而言，皺紋，是一個嚴肅敏感的課題，象徵青春存逝與否？於是，為了留住表相青春，「手術檯上」乃不時有人「一一拉成平坦的面容」。但喻麗清對此再造之平坦，卻給予「廢墟」的評價。因為往日不再，逝去的深情、眼淚、青春是「千金難買」也「不再復活」的故事！而歲月既在我們臉上留下深刻的「年輪／作為記憶的代言」，就像「石頭是青山的皺紋／波浪是海洋的皺紋」那樣自然，那麼為什麼我們不能也坦然接受這歲月的真實呢？此詩末句，喻麗清告訴我們，皺紋，其實是我們曾經笑過、哭過、愛過的標記！全詩突破表相迷思，思考年輪紋身意義，充滿了成熟的智慧。

至於〈我寫〉一詩，則是喻麗清對其詩創作活動的自我鑑照與詮釋，顯示了在人生任何時刻——不論寧靜溫柔，或激烈昂揚；不論滿懷感激，或身心俱疲——詩，都是她不可或缺、不能放棄的一個堅持，一種價值和意義。簡言之，對詩人而言，詩意味著奉獻給予、情感洩洪、自我療傷、尋求純淨和重返力量的一種可能。所以閃動淚光、宛若禱詞之結語——「我感謝我能寫」——乃成為令人低徊的必然結論。全詩明澈如鏡，讓我們驚鴻一瞥的，正是寫詩者內心莊嚴虔敬、隱祕深藏的風景。

黃國彬

*廣東新興人，加拿大多倫多東亞學系博士，香港中文大學翻譯系教授，曾赴義大利專研但丁。著有詩集《宛在水中央》及散文、論述等多種，並將但丁《神曲》譯爲中文。

翠鳥

早春，在魚塘的上空
懸著，像一顆藍星
俯照玻璃。
把小魚祟入禍瞳，
天地眩轉間如紫電下擊。
當它掠水而去，
黑喙已叼著獵物，
朱紅的利爪收斂，
只留下一聲尖叫，

如刀劃破春曉。

向星輝斑斕處漫溯

黃國彬〈翠鳥〉是一首以精準、優美意象，呈現大自然無情獵殺的詩。此詩前三句寫池塘「春曉」，寧靜如夢；第四句「祟」字導入轉折後，底下一連串充滿速度與衝擊感的鋪敘，則逼真再現了翠鳥猛厲出擊、寧靜驟被顛覆的獵殺過程；色彩的大量運用——藍、褐、紫、黑、朱紅，外加詩題「翠」字——也無不於鮮明律動中，凸顯了魚的悲劇宿命，和翠鳥強烈的撲殺意志。全詩集殘酷與美麗、死亡與生存、痛苦與歡愉於一，是一首充滿高度張力的詩，也是一章客觀呈現了〔鳥與魚〕生存衝突的血腥實錄。

曾貴海

*屏東佳冬人，高雄醫學院畢業，曾任內科主任、台灣南社社長，現為鍾理和文教基金會董事長。著有詩集《原鄉・夜合》及散文集等。

風箏

陪爸爸到紀念堂去玩吧，孩子們
把風箏
放上去
像是自己飛昇的一顆心

遠遠地離開這個城市
奮力往上爬
爬得愈高
才能更清楚地看見

向星輝斑斕處漫溯

〈風箏〉是一首無意間洩露了詩人潛意識——渴望重返童年、再回故鄉——的詩。故此詩一開始，不是孩子要求父親陪他們到外面玩，卻是詩人對孩子說「陪爸爸到紀念堂去玩吧」；風箏翱翔天際，也「像是自己」而不是孩子們「飛昇的一顆心」！底下，詩人更忘情地將自己投射在「奮力往上爬」的風箏上，假想自己「遠遠離開這個城市」，看見「童年」與「遙遠的故鄉」。末二句似對孩子說話，實則是詩人喃喃自語。故本詩所呈現的鄉愁是雙重的——既是時間的，也是地理的。全詩以風箏為眺望故鄉、童年的眼睛，以放風箏代替還鄉、重溫童趣——〈風箏〉九行，詩人比孩子更像兒童；遙遠的故鄉、已逝的童年，遂也成為其現實人生中最溫暖可親的一塊夢土。

蕭蕭

*本名蕭水順，彰化社頭人，師範大學國文研究所碩士，明道管理學院中文系助理教授。著有詩集《凝神》及散文、評論集等六十種，編有詩選三十餘種。

深夜見地下道有人躺臥

弓著身子他們說我是蝦
緊摟著自己他們說那是夢

夢中我也不敢伸直自己
怕會嚇壞深夜見地下道有人躺臥的人

水戲十五

風在水面上寫了一個
草書體的愛
　雲來不及細描
　樹來不及讚歎
　魚來不及拜讀
風返身
草寫的愛又水一樣玲瓏

蕭蕭〈深夜見地下道有人躺臥〉所寫之「人」，自是流浪漢。流浪漢深夜「弓著身子」躺臥於地下道，踡縮的樣貌其實反映了他們不被社會接受、自我退縮的潛意識。「他們說我是蝦」則折射出一般人未以平等心將流浪漢當人看的心態。「緊摟著……」原是愛或被愛的表示，但「他們說那是夢」，顯然又反映了世人認為流浪漢不配愛人或被愛的輕蔑。於是，被廣大人群拒絕的流浪漢，即使在夢中，「也不敢伸直自己」了，因為怕招來更多嫌厭！——全詩雖僅四句，卻辛辣道盡人間冷漠，以及，社會邊緣人的卑微、悲哀、自棄與被棄的疏離心態，令人心酸！

不同於前詩之社會寫實，〈水戲〉則顯得空靈浪漫。此詩寫微風戲水，牽動漣漪，「寫了一個草書體」的「愛」字，這「愛」是專屬於水的，所以雲、樹、魚只能一旁欣羨，並癡看瀟灑轉身的風，繼續在水面寫著一個又一個愛字。……此詩頗令人想起南唐中主戲問詞人馮延巳「吹皺一池春水，干卿何事？」典故。蕭蕭「水戲」系列十八首大抵類此，可謂正說明了詩人便是「吹皺一池春水，干我大事」的一個族類。全詩把風比擬成一頑皮書法家，把風吹水面成紋，擬想為風向水示愛；「草書體」一喻尤傳神映現風的飄忽靈活，玲瓏俏皮，是一帖快樂有趣的小品。

李敏勇

*屏東縣人，中興大學歷史系畢業，曾任《笠詩刊》主編、台灣和平基金會董事長，現為現代學術研究基金會董事長。著有詩集《傾斜的島》及散文、評論、小說、譯詩等數十種。

落葉

下班回家
打開信箱
看到夾在信件的一片落葉

落葉是一封信嗎
是誰寄來的信

我知道
路樹寄給我這封信
風的手投遞到信箱

在上樓的電梯間鏡子
我看到某種落寞和哀愁
在眼神裡

枯黃的落葉
呈顯風雨雕塑的斑紋
像我的手

打開家門
我把落葉交給孩子
孩子說
落葉是樹寫給大地的遺書

國家

我的國家
只隱藏在我心裡

沒有鐵絲網
沒有警戒兵

用樹葉編成的旗幟
飄揚在風中

樹身就是旗桿
遍布島嶼的土地

有鳥的歌唱在樹林裡
隨著風的節拍回應自然的呼吸

春天（窗景選一）

不要以爲
窗口的風景
永遠那麼美麗

就在大樹下
槍聲
擊痛死難者的叫喊

一片一片新葉
是一年又一年出現的
記憶

向星輝斑斕處漫溯

李敏勇〈落葉〉從偶然夾在信件中的一枚葉片寫起。善感的詩人認為，這是一封寄自行道樹的信，經由「風的手投遞到信箱」。落葉以枯黃的色調、風雨雕塑的斑紋，傳達了往日不再、青春已逝的訊息，令詩人湧起「某種落寞和哀愁」。回家後，詩人請孩子解讀這無言的書信，未經歲月滄桑的孩子果然有新鮮不同的看法——「落葉是樹寫給大地的遺書」。李敏勇有詩〈季節的觸感〉、〈記憶相簿〉，〈落葉〉所寫即為一種「季節的觸感」，是詩人「記憶相簿」中一枚珍藏，也是人到中年的心境顯影。

〈國家〉一詩則跳脫個人感懷，進入大我思考。李敏勇以樸素之筆，描繪其心中烏托邦願景是——零暴力、沒有監控系統，且摒除了象徵文化、種族區別的國旗，卻訴諸一種高度和平、自然、環保的大同理念的；對於其雙腳所踏土地，則尤給予了碧樹之島的祝福，盼其走出戰爭陰影，但見風與鳥在樹林裡相與應答。全詩一反世俗國家定義，打破現有狹隘地域國族概念，「樹葉」編成國旗的想像尤令人神往！但畢竟理想距現實遙遠，故詩人說這個國家夢，也只能隱藏在他心裡！

〈春天〉一詩既哀政治死難者，亦提醒活著的人「不要以為／窗口的風景／永遠那麼美麗」，因為幸福、和平、民主，需不斷奮鬥捍衛才能持續。而死難者雖已犧牲，但記憶不死，如新葉滋生，年年出現，代代相傳，成為一種強大力量，終將使死難的悲劇不再重演、民主的「春天」真正誕生！全詩強調記憶是避免重蹈歷史錯誤的憑藉，當詩人說「槍聲／擊痛死難者的叫喊」時，其實也擊痛了我們的心！

沙穗

＊本名黃志廣，廣東東莞人，現任高雄女子監獄政風室主任。著有詩集《畫眉》及散文小品等。

三個如果

如果有一天　下雪了
你是否會把我摟在懷裡？
雪停了
就把我推開？

如果有一天　起霧了
你是否會把我含在嘴裡？
霧散了
就把我吹去？

如果有一天　停電了
你是否會把我放在手心？
電來了
就把我拋棄？

妳要我回答　這三個如果
我笑著說：
是的
如果世界上有第二個燕姬

躺在溪床上

溪水是一條薄薄的涼被
覆蓋著一堆貪睡的鵝卵石
妳說　要把被子掀起
石頭喚醒

水鳥從兩岸的叢林飛出
如妳躺在溪石梳髮一般輕盈
掉落的髮絲　隨流水而去
鳥聲卻留在梳子裡

遠方有一座吊橋
如妳長長的睫毛
我要到橋上去
請閉上眼睛

向星輝斑斕處漫溯

很難想像，任職女子監獄的沙穗，同時也是當代台灣詩壇最嗜寫情詩的詩人。沙穗甚至為女兒取名「情詩」，可見其對此題材之情有獨鍾；至於其情詩書寫對象則均為愛妻燕姬。此處所選第一首〈三個如果〉堪稱現代版〈上邪〉。「上邪」即「天啊！」之意，這是一首漢代情詩，以五種不可能的嚴峻假設向老天發誓，來強調一種海枯石爛的不渝愛情。沙穗〈三個如果〉則由燕姬提出三種假設，要詩人回答。詩人以愛妻為世間獨一無二之選擇，微笑相對，令狀況外的我們也不免為之莞爾。〈上邪〉出以石破天驚的語言，傳達一種非常強烈的感情，為中國情詩異數，〈三個如果〉則平和委婉，深情含蓄，建議今古兩詩對照以觀，將是有趣的悅讀經驗。

〈躺在溪床上〉也是一首情詩，浪漫旖旎，無以復加。沙穗寫愛妻於岸上梳髮，溪水薄涼，溪石靜謐，在無人打擾的兩人世界裡，水鳥輕盈自林間飛出，漸行漸遠，但彷彿頌歌或祝福的「鳥聲」，「卻留在梳子裡」。於是當愛妻長睫如遠方橋影，令人無法抗拒時，「請閉上眼睛」乃成為必然的結論。全詩寫繾綣之夫妻深情，是甜蜜指數極高的一首婚姻詩。

北島

*本名趙振開，浙江湖州人，曾創辦《今天》文學雜誌，朦朧詩派代表性詩人之一。著有詩集《午夜歌手》及散文集等多種。

一切

一切都是命運
一切都是煙雲
一切都是沒有結局的開始
一切都是稍縱即逝的追尋
一切歡樂都沒有微笑
一切苦難都沒有淚痕
一切語言都是重複
一切交往都是初逢
一切愛情都在心裡
一切往事都在夢中
一切希望都帶著注釋
一切信仰都帶著呻吟
一切爆發都有片刻的寧靜
一切死亡都有冗長的回聲

宣告

——獻給遇羅克

也許最後的時刻到了
我沒有留下遺囑
只留下筆，給我的母親

我並不是英雄
在沒有英雄的年代裡
我只想做一個人

寧靜的地平線
分開了生者和死者的行列
我只能選擇天空
絕不跪在地上
以顯出劊子手們的高大
好阻擋那自由的風
從星星的彈孔中
將流出血紅的黎明

明天，不

這不是告別
因爲我們並沒有相見
儘管影子和影子
曾在路上疊在一起
像一個孤零零的逃犯

明天，不
明天不在夜的那邊
誰期待，誰就是罪人
而夜裡發生的故事
就讓它在夜裡結束吧

向星輝斑斕處漫溯

〈一切〉是大陸詩人北島早期名作，寫於其妹游泳救人去世後，這沉痛的打擊是此詩形成的背景因素之一。北島在提及〈一切〉創作動機時，曾內疚表示，當年他年輕自私，整天只關心自己的事，妹妹寫信給他，他少有回信——「她對我特別信任，什麼事都跟我商量。……在她活著的時候，我沒給她什麼安慰。那首詩〈一切〉一方面是對當時社會狀況的看法，一方面也是個人生活中巨大打擊後產生的悲觀情緒。」因此〈一切〉以一種近乎歇斯底里的喃喃，瘋狂否定一切，實不難理解。全詩雖是北島個人「一家之言」，是他年輕歲月悲痛心聲之發抒，卻也反映了文革狂飆後大陸年輕人的苦悶、虛無、消極和傷感，為時代留下見證與紀錄，故成為其早期代表作之一。

〈宣告〉則為北島悼念好友遇羅克的獻詩。遇羅克是一位熱愛自由的文藝青年，因直言批判文革歪風，得罪上級而遭槍決，死時才二十七歲。北島此詩揣摩遇羅克口吻，向世界提出〈宣告〉——「我並不是英雄／在沒有英雄的年代裡／我只想做一個人」三句，映現了一名青年誠實正直的盼望和對時代的控訴，令人動容！「絕不跪在地上／以顯出劊子手們的高大／好阻擋那自由的風」則凸顯了其抗爭到底、寧死不屈的精神。末二句雖表明對未來充滿樂觀，但也暗示「黎明」的到來仍將付出昂貴的鮮血為代價。詩中「母親」實為中國的隱喻，不留遺囑「只留下筆」，則顯見其希望自由種籽藉思想傳遞不斷散布。全詩在紀念一名純潔的熱血青年、真正的英雄之際，也顯影了時代的苦難，同為北島早期名作。

　　較之前兩首青壯歲月的詩，〈明天，不〉則寫於北島中年，顯示了其對人性議題的關注。此詩寫良知的自我對話、卑劣與邪惡的自我揭發，不是告別，卻希望是永遠的離棄，所以說「夜裡發生的故事／就讓它在夜裡結束吧」！夜，在詩中有兩義——一為時間概念，一指人性幽暗面。而在良知追索下，隱身幽暗的邪惡卑劣只能四下藏匿，「像一個孤零零的逃犯」。現在，良知發出最後通牒——「明天不在夜的那邊」，就在此刻、眼前、當下，這是攤牌的時刻！於是當暗夜開始龜裂，「明天」已然誕生！全詩呈現人性的一個真相，抽象但不隱晦，細加尋繹，〈明天，不〉正是為你我靈魂的勝利而寫。

何光明

＊基隆市人，輔仁大學法律系畢業，曾任報社記者，現爲國中教師。著有詩集《寫給春天的情詩》及小說等。

焚（三四行集選一）

飛蛾撲火
從不對人辯駁
她對光的執著

瀑布（兩首選一）

把歌注入跋涉之路
把高山劈出美景
把黑夜流成白天

向星輝斑斕處漫溯

推翻了「自取滅亡」、「自尋死路」等傳統詮釋，詩人何光明讚美飛蛾撲火是「對光的執著」，縱令承受誤解亦從不辯駁——如此正面、浪漫的評價，使〈焚〉成為一首翻案詩；而在人稱上選用「她」卻非「它」字，寓女性象徵，也格外增加了此詩耐人尋味的深度。

〈瀑布〉同樣亦為自然現象做出新解，認為那是一場歡樂有歌的水之跋涉，是為高山變化出美麗風景的一股力量，也是晝夜不息、逝者如斯概念的展示場景。「注入」、「劈出」、「流成」分別帶出鮮明具體的動態感，於是，關於瀑布的一帖三段式美學論述乃告完成。

李勤岸

＊本名李進發，台南新化人，夏威夷大學語言學博士，蕃薯詩社發起人，現任教美國哈佛大學東亞系。著有《李勤岸台語詩集》及散文、論述等多種。

窮

左鄰蓋起樓房高高
右鄰蓋起樓房高高
擠得我又瘦又
矮

像一滴淚
擠在兩睫之間

角度學

打開報紙
喧騰著這，又喧騰著那
翻到背面
往往剛好是一批虛誇的廣告

打開廣告
歌頌著東，又歌頌著西
走近一看
往往是一片模糊

讀報的時候
應該怎麼拿，才看得準確？
看電視的時候
應該坐什麼姿勢，才看得清楚？

向星輝斑斕處漫溯

這是兩首社會寫實詩。第一首〈窮〉，先藉視覺形象——「高高」與「瘦矮」——之鮮明差異，對照出無力起大厝的貧戶困窘；繼則透過類比、想像，以「一滴淚／擠在兩睫之間」，喻其悲哀尷尬，可謂「窮」之一詞具象和抽象概念的演義。由於窮就是窮，基本上也沒什麼好多說的，為暗示此荒歉短缺之感，或許這便是本詩出以極簡形式的原因吧！第二首〈角度學〉則以嘲諷口吻指出報紙、電視往往充斥著喧騰炒作、謊言歌頌，虛誇不實，那麼，讀報和看電視，究應採取什麼「角度」才看得清楚準確？全詩以社會公民和閱聽人——而不只是詩人而已——的身分，對台灣媒體沉淪現象提出反思，不論詩題、內容都充滿強烈諷刺與批判意味。

白靈

＊本名莊祖煌，福建惠安人，美國史蒂文斯理工學院化工碩士，台北科大化工系副教授。曾任《台灣詩學季刊》主編。著有詩集《愛與死的間隙》及散文、詩論等多種。

鐘擺

左滴右答，多麼狹小啊這時間的夾角
游入是生，游出是死
滴，精神才黎明，答，肉體已黃昏
滴是過去，答是未來
滴答的隙縫無數個現在排隊正穿越

風箏

扶搖直上，小小的希望能懸得多高呢
長長一生莫非這樣一場遊戲吧

渴

細細一線，卻想與整座天空拔河
上去，再上去，都快看不見了
沿著河堤，我開始拉著天空奔跑

愛的乾渴
　唇知道
太陽之乾渴
　沙漠
應回掌人仙出伸

向星輝斑斕處漫溯

曾與向明合編《可愛小詩選》的白靈，一直也以小詩為其主力創作領域之一。或許認為五行，既符合「小」的定義，又能提供創作以最大表現空間，故白靈小詩均屬五行詩。所選第一首〈鐘擺〉，所述實為光陰飛逝、生命短暫的尋常道理，但本詩新意在其形式上的精心設計——於短短五行內，壓縮進大量對立概念——「左．右」、「滴．答」、「入．出」、「生．死」、「精神．肉體」、「黎明．黃昏」、「過去．未來」，既製造高度的急促、壓迫與緊張感，同時也呼應了〈鐘擺〉不斷朝相反兩極擺動的意象；此外，三長兩短的句式，彷佛時針分針秒針，也充分達到暗示時間的目的。全詩示範了形式和主題的完美結合，末句「排隊穿越」的鋪敘，更形象化了時間予人的龐大壓力。

第二首〈風箏〉曾選入國中國文課本。此詩以扶搖直上的風箏喻希望，以放風箏的遊戲指涉人生，「細細一線」是人可掌握的部分，「整座天空」則是命運的象徵；風箏（希望）渺茫得「都快看不見了」，但放風箏的人不但不放手，還「開始拉著天空奔跑」，簡直就是希臘神話悲劇英雄現代版！全詩固是河堤放風箏實錄，也是人與命運拔河的隱喻，比附精妙貼切，別具思想深度。

詩義淺近的〈渴〉，重點和特色仍在其表現方式。白靈以易於產生乾渴聯想的「唇」、「沙漠」導入主題，並不特別；特別處在末句模擬仙人掌生長狀態，由下往上寫起，又刻意保持各句底部平齊，仙人掌自地平線伸出的視覺效果和趣味便出來了！——顛倒乾坤的表述方式，出人意表的幽默策略，乾渴五行，於是，乃成為引發高度微笑效應的詩。

利玉芳

*屏東內埔人，高雄高商畢業，笠詩社同仁。曾任職廣播電台，現自營農場。著有詩集《貓》及散文、兒童文學等。

孕

懷了一季愛的女人
感到那蠕動的生命
是用伊的憧憬和心願
凸出來的春天

向星輝斑斕處漫溯

對愛情予以至高讚美，對新生命獻上莫大祝福，是懷抱著美麗憧憬和虔誠心願，才讓身體有了這「凸出來」的神聖線條的——利玉芳〈孕〉以「春天」為普天下女性生命中這一重大抉擇，做出結論。全詩雖僅四句，卻道盡懷孕女子身心錯綜複雜感受，涵蓋精神、肉體微妙變化，實是一首女人才寫得出來的詩。試看男性詩人麥穗所寫〈孕婦〉：

起初／都想將逐漸的隆起／掩蓋／終究還是挺著他／在大街小巷／亮相
管他是香火的延續／或是生命的繼起／反正這世上／沒有比生命包容著生命／更美／更神聖了

雖亦令人感動，但從女性觀點看，畢竟只是從旁觀察揣摩，卻非刻骨銘心切身經驗陳述，甚至詩題也只能標以客觀「孕婦」一詞，而非主觀性的「孕」之一字，終究隔了一層。這涉及無法跨越的性別經驗，因此比較兩詩，當發現男性、女性作家在處理身體議題時，觀想上的明顯差異。

舒婷

＊本名龔佩瑜，福建廈門人，朦朧詩派代表性詩人之一，現任中國作家協會全國委員、福建省文聯副主席。著有詩集《始祖鳥》及散文等多種。

都市變奏（選二）

清明

兒子攤開課本考問　什麼叫
「路上行人欲斷魂」
因爲從前人在這個時候去掃墓
……現在呢
想找一張老爹老媽的照片
翻箱倒櫃找不著

寒露

男朋友久久不來赴約

跟女伴訴苦
女伴忿忿不平
我幫你討個說法
下次他們一起把
說法
寫在喜帖上給我

冬至

給糯米湯圓點紅的早晨
丈夫要去茶樓應酬
孩子約了同學在麥當勞
外婆同情地坐在
鏡框裡
那就再喝一泡減肥茶吧

向星輝斑斕處漫溯

舒婷是大陸朦朧詩派代表性詩人之一，此處三作選自其〈都市變奏〉系列二十四首，每首均以農曆二十四節氣分別命名——「都市」系列詩作，卻冠以農業社會作息節奏之名目，可見舒婷意欲透過今昔對照，呈現文化生活變遷與異同的企圖。

例如〈清明〉一首，便藉現代父母回答孩子〈清明〉詩涵義、清明節習俗，振振有詞，卻連「一張老爹老媽的照片」都「翻箱倒櫃找不著」的尷尬，顯示了所謂慎終追遠的傳統孝道和舊倫理，在工商時代所面臨的崩解考驗。

寒露一般正當陽曆十月小陽春，本最宜納采嫁娶。但此詩以高度反諷方式，一方面指出友誼的背叛，另方面則暗示了愛情在現代社會的高度不穩定性！詩中之「我」面對「變奏」的愛情、尷尬的處境、走調的人生，卻雲淡風輕敘述事件始末，益凸顯其荒謬；仔細讀來，其實是一首非常苦澀傷心的詩。

冬至是一般所謂長一歲的湯圓之日，民間有全家團聚吃湯圓、象徵圓滿的習俗。但〈冬至〉一詩卻寫此團圓日，「丈夫要去茶樓應酬/孩子約了同學在麥當勞」，獨留青春已逝、中年發福、失落圓滿的老妻（老媽）孤零零在家。唯一可能同情她的，是娘家媽媽，但媽媽現坐在「鏡框裡」！看著剛點紅的美麗湯圓無人享用，百無聊賴之際，怎麼辦呢？那也只好「再喝一泡減肥茶」了！全詩調侃都市中年女性之落寞無奈，而蒼涼至此，那其實也是人生的「冬至」了。

陳育虹

*廣東南海人，文藻外語學院英文系畢業，曾旅居加拿大，現定居台北。著有詩集《其實，海》等。

籍貫．宇宙

能不能用
風的語言火的語言
海與山的語言
交談，我們

能不能用
星辰的語言
雲的語言
花與樹的語言
（是了，大地的語言）
交談

街燈

危顛顛
將落未落的
秋葉

一隻鴿
忘了啣走的
歎息

能不能用心的語言
能不能不用
語言——你知道
我的籍貫是　宇宙

向星輝斑斕處漫溯

是寫意，也是寫實，此處所選陳育虹第一首詩，以工整簡潔的形式、貼切鮮明的季節意象，渲染秋日街燈孤獨——前半段凸顯其風中瑟瑟身影，後半段則投射以人傷感主觀的情緒——而不論是「將落未落的」殘存之感，或「忘了啣走的」失落遺憾；不論是「秋葉」的飄零暗示，或「歎息」的低調感懷，詩人都藉一盞街燈傳達出強烈的深秋訊息。

〈籍貫．宇宙〉則跳脫狹隘，描繪一遼闊、寬廣、詩意的交談境界——以「大地的」、「心的」語言交談。詩中，「能不能不用／語言」一句並非意謂放棄語言，而是指「不用」會引起區別性、籍貫排斥性的語言交談。至若論及籍貫，詩人說，她歸屬一個無地域概念的超然系統——宇宙！全詩以語言／交談為主題，針對台灣當前社會紛擾的族群／語言課題進行反思，風、火、海、山、雲、花、樹、星辰語言所象徵的美麗願景，尤其動人且充滿啓發性。

鍾順文

*出生於印尼雅加達，曾任報社主編，現任掌門詩社社長、港都文藝協會榮譽理事長。著有詩集《空無問答》及散文集等。

母親

母親是一本一再再版的
好書

一看再看
而且是一輩子
也看不膩的
好書

不但我們愛看

時間也喜歡一翻再翻
今晚
又戴著近視眼鏡
閱讀戴著老花眼鏡的
母親

向星輝斑斕處漫溯

以「書」與「母親」聯想，鍾順文〈母親〉一詩，在歌頌母親的課題上，提供了一個雋永典雅的新角度。鍾順文以「一再再版」、「一看再看」、「一翻再翻」，說明了母愛在時間之流中永不止息的恆久性，並以「今晚」又情不自禁要去閱讀「母親」這本「好書」為特寫，暗示在生命的每一時刻，母親都是人子最美好的親近對象。全詩鋪陳母愛不隨時間褪色、歷久彌新的溫暖特質，出以熨貼人心的文字和意象，正是世間所有平凡母親予人的共同感覺。

葉紅

*本名黃玉鳳，四川渠縣人，曾任河童出版社社長、耕莘青年寫作會副理事長。著有詩集《紅蝴蝶》等。

指環

指讓環緊緊圈住
再沒空隙
指問
這是愛的刑罰麼？
環　笑而不語
指踡曲
緊緊扣住了環

向星輝斑斕處漫溯

象徵婚戀盟誓的戒指，在葉紅〈指環〉一詩中，是一種代表懲罰的桎梏。此詩以甚具寓言感的氛圍，透過「指」與「環」機鋒四出的對話和互動，呈現了愛情和婚姻的陰鬱面。「再沒空隙」一句，顯示了這種雙人關係令人透不過氣來的壓迫感；「愛的刑罰」之質疑已令人深感不安，環笑而不語、彷彿默認的反應，卻更其詭異；最後，當「指踡曲／緊緊扣住了環」時，一種相互束縛、報復的關係，乃終於形成！全詩從反面角度，逆向思考，探索愛情、婚姻的苦澀面，是一首冷峻深刻的小詩。

嚴力

*浙江寧波人，星星畫會成員，曾留學美國，在美創辦一行詩社，主編《一行詩刊》。著有詩集《這首詩可能還不錯》及小說等。

夜

夜晚如狗
叼吃著門窗裡漏出的光
偶爾有一盞燭火走在狗群中
像是被黑暗含在嘴中的一塊糖

詩句系列（選一）

生命最終是一塊雕完的木頭
曾經被綠葉生長過

向星輝斑斕處漫溯

嚴力是一位右手寫詩、左手繪畫的大陸詩人，思考敏銳，迭有新意。所選〈夜〉一詩，首句「夜晚如狗」一出手便匪夷所思，耐人尋味，但若與次句合觀，便見明白——因這狗專「叼吃著門窗裡漏出的光」。「叼」、「吃」二字合用至為重要，因為「叼著光」單調呆板，加上「吃」字，句子便成為現在進行式，不僅顯出燈一盞盞逐漸熄滅的動態感，也呼應了「狗」這種動物的吞噬性格。第三句把焦點由「門窗裡」移至戶外，小塊的夜成了森森莽莽的黑，單一之狗成了「狗群」，此時若有一盞燭火「走在狗群中」，詩人說，那就像黑暗含在嘴裡的「一塊糖」！糖給人的感覺是甜美愉悅的，但它也很容易化掉不見；簡言之，暗夜之光固令人興奮，但它最終也仍將被四周墨黑吞沒。全詩以狗和口腔意象凸顯夜色的吞噬性，觀點特別，是很有意思的一首詩。

第二首宛如俳句，簡筆寫生死，一語道盡生命過程與結果，「雕」字主詞是歲月與命運，「被綠葉生長過」則是對生命的讚頌。嚴力〈詩句系列〉率皆如此短章，試再舉數則以供悅讀：

・鋼琴有一個永恆的主題／就是討論黑與白的關係

・面對世界／雖然只有按快門的權力／但你有權利不站在壞風景的前面

・小狗歡快地穿入菜園／並且把蝴蝶們約會的地點澆溼了

——犀利、幽默、嚴肅、輕快兼而有之，都是清新凝鍊的小詩。

顧城

*上海市人，「今天」文學社團成員，朦朧詩派代表性詩人之一，曾赴英、法等國講學訪問，定居紐西蘭，後殺妻自盡。著有詩集《水銀》及小說、論述等多種。

錯過

隔膜的薄冰溶化了，
湖水是那樣透澈，
被雪和謎掩埋的生命，
都在春光中復活。

一切都明明白白，
但我們仍匆匆錯過，
因爲你相信命運，
因爲我懷疑生活……

星月的來由

樹枝想去撕裂天空，
但卻只戳了幾個微小的窟窿，
它透出了天外的光亮，
人們把它叫作月亮和星星。

一代人

黑夜給了我黑色的眼睛
我卻用它尋找光明

我耕耘

我耕耘
淺淺的詩行
延展著
像大西北荒地中
模糊的田壟
風太大了，風
在我的身後
一片灰沙
染黃了雪白的雲層

我播下了心
它會萌芽嗎？
會，完全可能
當我和道路消失之後
將有幾片綠葉
從荒地中醒來
在暴烈的晴空下
代表美
代表生命

向星輝斑斕處漫溯

與北島、舒婷同為大陸朦朧派代表性詩家，顧城另有「童話詩人」之譽，所選第一首〈星月的來由〉，便充分印證了這一點。閱讀此詩需運用仰角想像，從樹下往天空張望，又需設想「天外」為一銀光世界；而某一秋冬之夜，如劍戟般的枯枝陰謀「撕裂天空」不成，只戳出一些美麗的光的「窟窿」，那便是月亮和星星……充滿故事感的天體源起說，童心十足的詮釋，確為一首天真的童話詩。

第二首〈一代人〉堪稱顧城代表作。全詩僅兩句，但卻塑造了文革歲月那「一代人」追尋理想的奮鬥形象。「黑夜」指那黑暗悲情的時代，它籠罩、遮暗一切，使人雙眼也成為「黑色的」陰鬱之瞳；但嚮往光明是人的本能，這內在渴望使無數的「我」，在看不見希望黎明的暗夜，也仍不放棄用他們「黑色的眼睛」摸索著去「尋找光明」！這便是那「一代（中國）人」的集體記憶、生活故事、奮鬥目標，與有血有淚的真實形象！——黑夜兩行，既刻畫了那「一代人」的隱痛，映現了時代龐大的身影，也指出了人類歷史發展的必然方向，故廣為流傳。

第三首〈錯過〉是指錯過幸福，或錯過一個更美好的人生。而「相信命運」、「懷疑生活」，詩人說，那便是「錯過」幸福的原因。顧城顯然認為這是一種錯置——應懷疑命運、相信生活才對！而錯置將使溶化的「薄冰」再度堅硬，使春光中復活的生命再度被「雪和謎掩埋」。全詩指出錯置造成「錯過」，如對照詩人生命來看，實令人不勝慨歎。

第四首〈我耕耘〉，以「大西北荒地」意象，遐想其孤獨、艱難而滿懷理想的創作事業。詩人自稱其所播種的不只是文字，卻更是「心」！也許多年後他的詩會「消失」，但這顆心卻會萌芽、長出綠葉，在粗礪的現實中「代表美／代表生命」。耕耘詩，而成長美與生命！——透過顧城此一飽含信心、理想的自述，我們看見了詩人無比明淨的心跡。

莫那能

＊台東排灣族盲詩人，台灣原住民權利促進會創始人之一，現爲專業按摩師。所著《美麗的稻穗》爲台灣原住民第一本漢語詩集。

訣別了，彩虹

訣別了，彩虹
不必爲了我看不見妳的七彩嘆息
因爲我在善惡無度的人間
雖然失去了高高在上的美麗
卻獲得了結實的黑白分明

向星輝斑斕處漫溯

被陳映真譽為「台灣原住民族解放運動第一位詩人」的排灣族詩人莫那能，二十二歲那年罹患弱視，不久即雙目失明，但熱愛文學的莫那能仍堅持以點字法創作不懈。他的詩呈現了原住民文化與生存上的困境，但也寫出他們的歡喜和希望。〈訣別了，彩虹〉是莫那能全盲後自述心跡之作，他以豁達胸襟看待失明一事，認為得失相抵，雖此後無緣再見人間七彩繽紛，但也正因不再有色相干擾，對是非善惡有更清晰透徹的思辨，而將「獲得結實的黑白分明」！因此「訣別」並不傷感，透過現身說法，我們不僅看見詩人新生命里程的開展，同時也看出他活出另一更「結實」、「分明」人生的自信。

溫奇

*本名雅夫辣思・紀靈，台東人，排灣族原住民，台大哲學系畢業，現爲高中教師，著有詩集《南島詩稿：練習曲》等。

失眠

整夜
爲了探究
造成頸子和枕子失和的原因
我翻來覆去

向星輝斑斕處漫溯

「頸子和枕子失和」，身體在床上翻來覆去，其實是失眠的結果。但溫奇〈失眠〉一詩卻說，他是為了探究「頸子和枕子失和」的原因才失眠的——全詩在「頸子和枕子」的關係上大作文章，倒果為因，自我調侃，復刻意誇張，形成趣點所在，於是，一首令人會心微笑的失眠詩，乃幽默完成。

黃智溶

*宜蘭縣人，文化大學美術系畢業，現為國中教師。著有詩集《今夜，妳莫要踏入我的夢境》等。

孔丘——你是體罰的始祖

住在隔鄰東村的 那一個
孔丘 我要告你
你這個體罰的始祖
我寶貝兒子 宰我
只不過是昨晚啃書太晚
今早稍微打個瞌睡
你就罵他低能、智障
害他至今 心靈受創

住在隔鄰東村的　那一個
孔丘　我要告你
我的金柑仔孫　原憲
只不過坐相難看
又對你出言頂撞
你就用竹杖敲他膝蓋
害他從此　身心受傷

後記：立法院於去年十二月二十八日初審通過禁止體罰條款。有感而作。

過鄭成功廟——鎮安宮

是海賊流寇　還是
孤臣孽子
是反清復明　還是
苟延安逸
歷史已經無力深究了

再往前踏出一步
是否　就是傳說中
古柏參天　巨檜遮地
華路藍縷後的
蓬萊仙境呢

向星輝斑斕處漫溯

這是兩首以歷史人物入詩的作品，第一首關涉社會現實，寓含諷刺；第二首提出時代省思，寄慨遙深。

黃智溶顯然對「禁止體罰條款」有意見，他也可能對現代父母寵溺兒女、動輒對老師處罰學生即予興訟的做法不以為然，故結合現代教育中爭議性極高的體罰課題和論語典故，抒發己見。不過，以「坐相難看」遭敲擊腿骨的是孔子老友「原壤」，並非弟子「原憲」，詩人為聚焦在老師體罰學生的主題上，刻意錯置，應可理解。全詩以孔丘是「體罰的始祖」為論述核心，透過顛覆，進行大規模反諷，語勢聳動，寓意鮮明。

第二首〈過鄭成功廟〉則指出歷史真相難明，鄭成功在兩極評價間，究竟是「孤臣孽子」還是「海賊流寇」？詩人認為並不重要，倒是鄭成功蓽路藍縷、經營台灣，是否為後人創造了「蓬萊仙境」，那才是重點所在！於是在「古柏參天，巨檜遮地」的鎮安宮前，有感而發的詩人暗示我們，以前瞻性眼光看待歷史，或許才是更有意義的一種態度。

楊　平

*本名楊濟平，河南新鄉人，淡江大學中文系畢業，創世紀詩社同仁。著有詩集《內在的天空》等。

土地沒有名字

原初的心是透明的
原初的愛沒有理由

一如原初的美麗沒有名字
萬載前的海洋　天空　星子
高空下的萬物和土地
沒有名字

存在

死亡爲生命存在
戰爭爲權力存在
子宮爲下一代存在
向日葵爲梵谷存在
愛情爲相信愛情的人存在
二爲一存在
無爲有存在
副詞爲主詞存在
體系爲哲學家存在

聖人爲大盜存在
彼岸爲此岸存在
存在
爲自己存在——以前
不爲什麼的，存在

向星輝斑斕處漫溯

以抽象的主題入詩，楊平〈土地沒有名字〉從萬事萬物「原初」狀態說起。「原初」即原始、最初之意，此時事物最為純淨，未被功利、目的所汙染，所以說「原初的心是透明的／原初的愛沒有理由」、原初的「萬物和土地」也都純粹到「沒有名字」。但當世界脫離「原初」狀態，目的論統治一切，土地開始有了名字，以語言、疆界、國族作為區隔，分離主義誕生，「原初的美麗」也不存在了！——全詩題詠「原初」，意不在鼓吹回到「萬載前」狀態，只不過欲藉「土地沒有名字」的故事，強調純淨、未染狀態之可貴，並藉以表露詩人對「原初的心」、「原初的愛」之嚮往罷了。不過，在人間戰火方興未艾、世界和平遙不可及的年代，詩人以原初世界「土地沒有名字」，對照今日土地被賦以象徵國族疆界的「名字」而不斷出現爭擾攘奪，來傳達一種反區別性或反戰思想，也是有可能的。

第二首〈存在〉以相同句式平行並列，但卻出以什錦、雞尾酒式的內容組合，來說明在人的主觀世界，所有「存在」均非單一事件，而往往與另一種存在相關，每一種「存在」都有其意義；但若我們從客觀角度去透視存在本身，那麼存在就是存在，是「不為什麼」的一種單純狀態，並無任何人間性意義，所有意義都是人所附加上去的——於是此詩乃判然兩分，形成前十一句和末三句的對照；而客體世界無感的「存在」，固然凸顯了人主觀世界「存在」的繽紛、豐富，但也映照出人的孤獨和虛無。此詩應可說是楊平個人的「存在主義」，相當程度呼應了西方存在學說，也可視為是沙特「存在主義」的詩化。

劉克襄

＊台中縣人，文化大學新聞系畢業，現任職《中國時報》人間副刊，並長期從事自然觀察、旅行、繪畫與舊路探勘。著有詩集《小鼯鼠的看法》及散文、小說、繪本等多種。

福爾摩沙

第一個發現的人
不知道將它繪在航海圖的哪個位置
它是徘徊北回歸線的島嶼
擁有最困惑的歷史與最衰弱的人民

知識分子

跟我們一樣的開發中國家
不滿時政的知識分子
他們生活於貧民窟
引導自己的同胞

同樣的知識分子在我們國家
他們坐在咖啡屋裡
以激烈的學術爭辯
關心低階層的朋友

向星輝斑斕處漫溯

福爾摩沙（Formosa）在葡萄牙文中是「美麗」的意思。那是十六世紀初，西方商船行經東亞，遠眺台灣的第一印象和給她取的名字。劉克襄從這美麗的端點切入，寫下此詩題目，並透過歷史、地理上的難以定位，點出台灣令人「困惑」的特質，更以「擁有最衰弱的人民」傳達他對島嶼現況的批判。全詩雖僅四句，卻在回顧歷史、檢視當前之間，道盡台灣千百年來美麗與滄桑，令人百感交集之餘，更添對她前途的憂思與關切。

〈知識分子〉則以並列方式進行對照，指出開發中國家知識分子，主動了解民間疾苦，著手從事改革，是行動主義者；但台灣知識分子卻自我封閉於象牙塔中，爭論不休，毫無建樹，是夸夸其談的理論派——「貧民窟」與「咖啡屋」對比鮮明，「關心低階層的朋友」則形同笑話——細加品味，實是一首不動聲色、極盡揶揄的社會諷刺詩。

林沈默

＊本名林承謨，雲林斗六人，文化大學企管系畢業，現服務新聞界，並就讀師大台文研究所。著有詩集《沈默之聲》及小說、童話等。

下午

一群小孩在庭院內捉迷藏
銀鈴的笑聲把整個陰森的下午
染成我童年的一幅印象畫
我猛猛的關住紗窗

而聲音
一連串的聲音
又從附滿灰塵的細格子裡鑽進來

向星輝斑斕處漫溯

林沈默〈下午〉一詩可從兩個層面加以解讀。若從表面看，這是一首單純敘事的寫實詩——午後孩童嬉戲聲，令室內的「我」覺得嘈雜煩躁，於是狠命關上紗窗，但孩子們天真無憂的笑聲，還是「從附滿灰塵的細格子裡鑽進來」！

然而若從深層以觀——首先，詩題「下午」便有中年的暗示，相形之下，窗外孩子便是處在生命早晨的一群人，他們「銀鈴的笑聲」撞擊著「陰森的下午」，喚起了「我」遙遠的童年記憶，令「我」感受到一種難堪的刺激，於是我逃避似地急忙關上窗，但童年記憶卻仍不斷從沾滿歲月灰塵的思維隙縫裡鑽進來，淹沒了這個「陰森的下午」！——全詩充分運用對比、隱喻，虛實呼應，寫活了一個喧鬧的社區下午，也映現出人到中年不堪回首往事的陰霾心情。

阿鈍

*本名林康民，苗栗人，英國諾丁漢大學國際關係碩士。現任職行政院研考會。曾獲網路年度詩人獎、時報文學獎新詩首獎等。

在你的上游

不垂，不釣
不釣雪，不
釣山，不釣船

什麼都不

釣。一尾魚
順著絲線
游進眼裡

向星輝斑斕處漫溯

典雅而空靈，抽象而唯美，阿鈍〈在你的上游〉是一帖以意境取勝的情詩。詩題〈在你的上游〉其實便是本詩第一句，「上游」暗示生命的原初，也有不易抵達之意；「魚」象徵愛情，也指的是「你」；「絲線」是歲月的機緣，也是命運的軌跡——於是，在這頗富禪趣、不落言詮的故事裡，已抵達「上游」的詩人，雖「不垂，不釣」，但是「你」——詩人的「魚」——還是游過山、游過雪、游過船，順著時光的「絲線」，游進了詩人的眼裡，與心裡。

全詩句法簡潔，文字乾淨，節奏明快，在形式上則由一連六個「不」字堆疊，將否定的感覺推至最高峰後，再由一個「釣」字拉動全局，終浮現出不釣之釣的結果——一尾魚，溫柔自然地游進詩人的生命世界。全詩從抽象、空靈的層次敘述愛情的發生；當然，如果你要說那不是愛情，是友誼，或一份莫逆於心的默契，也是可以的。

王廣仁

＊台北市人，政治大學公共行政碩士。曾獲全國學生文學獎大專小說組首獎。著有詩集《回聲》及小說等。

世說新語

一群不同的臀部在擁擠的公車座椅上輾轉繼承一分體溫
一對枯裂的嘴唇在崩離的傳播媒體中焦灼覓求一句眞話

瓢蟲

那滾圓的七星紅瓢蟲
其實是一本微縮版的童話
只是我們常常讀不懂它

當它徐落發光的青蔭裡

輕巧收起半枚球翅
俏皮的航線已經洩露一切

當它從容起飛
我們略嫌笨拙的手掌
總是伸出太遲
以致不及接住它抖落的語絮

向星輝斑斕處漫溯

王廣仁〈世說新語〉堪稱一袖珍浮世繪，呈現了當前社會兩枚切片——孤立而自我封閉的個人，只習於在擦身而過的際遇中，以一種極短篇方式傳遞「溫暖」；面對媒體的時刻，意見發表者也總在未必能傳達真相的視訊體系中，渴望說出「真話」！——此詩第一句指出都會人際關係的匆忙、雜沓與疏離；第二句則暗示、批判了大眾傳媒在提供所謂真相時的客觀局限，或主觀上的缺乏誠懇。

由於《世說新語》是記錄魏晉時期社會現象的作品，詩人以此為題，其意不言自明，但卻更簡潔有力地呈現了當前都會大眾渴望「溫暖」與「真話」的困境，以及處此困境中人可堪深思自省處。全詩僅得兩句，每句二十四字，相當一首七言絕句負載量，讀來並不冗長拗口，在緊湊順暢的語勢中，反更凸顯其一氣呵成、雙行並列之特色。

相形之下，第二首以瓢蟲入詩之作則抒情、溫馨多了。在詩人心裡，這討喜可愛的昆蟲是「一本微縮版的童話」，逗人遐思；而不論它起飛降落，「輕巧」、「俏皮」、「從容」的身影形象，似都在傳遞一種與幸福有關的訊息或密碼，但「我們常常讀不懂它」，或來不及「接住它抖落的語絮」，令人往往在愉悅中又不免微感悵惘。全詩歡喜讚歎，書寫詩人對七星紅瓢蟲的觀想與感情，是一首純淨美好的詩。

王淑芬

*台南左鎮人，國立台灣師範大學畢業，現任國小美勞教師，主持作家出版社。著有詩集《如何謀殺一首詩》及散文、兒童文學等多種。

秒針

這守財奴
日夜計算
一毛、兩毛、三毛……

這饕餮客
忙於吞食
一口、兩口、三口……

這占領狂
不斷奪掠
一步、兩步、三步……

這索債者
頻頻催討
一筆、兩筆、三筆……

我不得不棄械投降
自動繳款
一秒、兩秒、三秒……

曇花

關於我的一生
有不少哲學對談
說我嘲弄永恆也好
或歌頌我及時璀璨
無妨

被通知粉墨上妝
午夜場
屬於我的戲碼
像世界和平一樣的短暫
我拉開序幕
我告別演出

有觀眾也好
或只有殘月打光
眞的無妨
我誕生
我死亡

向星輝斑斕處漫溯

王淑芬〈秒針〉寫光陰疾逝，就題材言其實並不特別，但值得注意的是此詩在寫法上所呈現的新意。首先，在書寫對象上，王淑芬特以計時物件中，最令人產生壓迫感的秒針入詩；其次，又分別以具負面印象或侵略感的「占領狂」、「索債者」等將之擬人化；最後更以滴水不漏的程式，凸顯其毫不留情之榨取，於是人生乃成為一種倒數計時的過程，隨秒針跳動而遞減！全詩形式工整，每段末句模擬秒針滴答節奏，將心驚肉跳的壓迫感量化、具象化，非常成功。

以第一人稱進行自述的〈曇花〉一詩，則在宿命的氛圍中，細訴其午夜吐蕊、「像世界和平一樣短暫」的芬芳歷程。「無妨」在詩中出現兩次，羅織出一種似豁達實幽怨的感覺，全詩代曇花譜寫其寂寂綻放的心聲，是詩人對曇花身世的深情觀照，也是對世間芳華旋起旋滅的一葉哲學思考。

謝芳郁

*桃園人，高雄醫學院畢業，現任職台北市立聯合醫院。作品收入《阿米巴詩選》等。

反省

對準目標
我射出一把
鋒利鋼刀　冷冷地

那一頭
中了刀的我的形象
撫著傷口向我乞援

對準目標
我狠狠地
射出第二把——

向星輝斑斕處漫溯

將「反省」的概念形象化、具體化，謝芳郁〈反省〉一詩以「冷冷地」、「狠狠地」「對準目標」連射兩把鋼刀為喻，第一段指出反省需要高度決心與勇氣；第二段藉中刀、負傷、乞援等戲劇性表述，刻畫人性軟弱、逃避與掙扎的真相；第三段跨越「乞援」轉折，進一步強調在勇氣外，反省還需要高度決心與理性；詩末更以此詩唯一之標點「——」提供開放性結尾，供讀者延伸思索。全詩藉鋒利鋼刀擊中要害意象，高度呈現「反省」之為內在寧靜革命的激烈本質，鮮明生動細膩，是非常精悍、精采的一首好詩。

瓦歷斯・諾幹

*泰雅族北勢群人，台中師專畢業，現任國小教師，曾創辦《獵人文化》雜誌。著有詩集《山是一座學校》及散文、報導文學等多種。

杵

一聲
一聲
擂進山谷的胸膛
一聲
一聲
釘進大地的脊椎
在豐年祭的祭典裡
這杵聲細細密密地織出

原住民族始終不肯彎腰的
山的圖案

風颱五帖（選二）

一、找

樹木找不到泥土
泥土找不到岩石
岩石流浪海洋
海洋流浪山巔
找不到故鄉的都沒哭
找不到家的人類卻
放聲哭了起來

四、山

山的腳伸出去囉！
伸向小鎮伸向城市

伸向平原伸向海洋
有個祕密你也許不知道
——山在索討它的嬰兒

向星輝斑斕處漫溯

以陽剛豪邁之筆，深入詩、小說、報導文學、口述歷史等領域，從事多元創作，瓦歷斯．諾幹是一位對原住民書寫和文化保存頗富貢獻的作家。所選〈杵〉一詩，便是以原住民生活入詩的作品。瓦歷斯．諾幹透過豐年祭中雄渾厚實的杵聲韻律，傳達出原住民勇健不屈的精神。杵聲一起一落，彷彿山勢高低起伏的「圖案」；而剛毅的山之線條，所啓發於原住民的，正是他們「不肯彎腰」的硬漢風格！詩中「一聲／一聲」錯落排列，可謂同時象聲象形地表現了杵聲與擊杵動作的起落；「擂進山谷的胸膛」、「釘進大地的脊椎」則不僅藉聲傳形，更傳達出獷壯的氣勢，全詩讀來，充滿撼人心弦的力量！

〈風颱五帖〉兩首則主題均為颱風災情——前者以「找」為題，藉頂真格形式具現大水淹沒土地，滿目瘡痍情狀；後者以「山的腳」伸向小鎮、城市、平原、海洋「索討它的嬰兒」，提出大地正進行反撲的警告——兩詩所寫均為颱風過境土石流肆虐慘況，這是我們自己濫砍山林、不重水土保持的結果。但流離失所的土石樹木「沒哭」，「找不到家的人類卻／放聲哭了起來」——諷刺中卻又別寓悲憫，所映現的，正是詩人對台灣山林自然遭人為破壞的深刻憂心與關懷。

張芳慈

*台中縣人，新竹師院美術研究所畢業，女鯨詩社同仁，現任國小教師。著有詩集《越軌》等。

絲瓜布

像是母親的名字
也說不上來
為什麼會那麼地空空洞洞
有一天洗著碗筷
當水流過，我終於了解
多年以來篩下平安與富足的是
母親的名字
它有最簡單的筆畫
以前我知道如何寫它

現在該從哪兒寫起
教我也說不上來

向星輝斑斕處漫溯

以〈絲瓜布〉為題，這是一帖超越愛與感恩的詩，也是一個超越我們慣性思考與價值觀的故事——詩中，心思細膩的詩人張芳慈說，在多年生活經驗裡，她雖隱然覺得絲瓜布「空空洞洞」的形貌，和母親生命內涵有某種程度的相似，但卻總「說不上來」，直到某日清洗碗筷，流水穿過絲瓜布的「空空洞洞」，洗淨髒汙油垢，「篩下」可喜的潔淨，才恍然大悟——原來就像絲瓜布一樣，母親也是以她生命的「空空洞洞」為這個家「篩下平安與富足」！換言之，藉藉無名、沒有社會地位和事業成就的母親，以她個人的「空洞」，成就了家人紮實的生命；她「簡單」的人生因此而顯得豐富深邃！——於是，「以前知道如何」書寫母親之愛的詩人，「現在該從哪兒寫起」，一時之間反而更「說不上來」了！「說不上來」在詩中連用兩次，第一次是心中感覺尚未釐清，所以「說不上來」，第二次則是母愛幅度之大，遠超過想像而無從說起。全詩以〈絲瓜布〉為題，就其「空空洞洞」的特質，與母親無名、無利、無成就地位的「空洞」人生聯想，慨歎感恩溢乎言表，簡單家常的書寫所形塑的，正是母親一生，全心奉獻的靜默形象。

蘇　善

＊本名蔡麗雲，高雄縣人，輔仁大學法文系畢業，從事翻譯工作多年，目前經營個人網站「蘇善搖筆桿兒」。著有少年小說《阿樂拜師》及詩、散文等。

失眠

索性以自己爲餌
甩竿
抛投
我僅欲釣一尾小小的恬夢

然而浮標盪而未動
輾轉之塘竟漫成海洋

向星輝斑斕處漫溯

以垂釣意象寫失眠，詩人蘇善自喻為餌，認真甩竿、拋投，但求一尾小小的魚——一枕恬夢。但畢竟睡意太淺，「浮標盪而未動」，垂釣竟夜，小魚芳蹤卻杳然未現！全詩六句，每句均寫釣事，意象統一集中；「輾轉之塘竟漫成海洋」更將動詞名詞化，失眠行為形象化，頗富漫畫效果，恰可與溫奇同樣走風趣路線的〈失眠〉（請見本書第一五八頁）一詩並觀。

林世仁

*廣東梅縣人，文化大學藝術碩士，曾任國光藝校教師、英文漢聲出版社副主編。著有圖象詩集《文字森林海》及兒童文學等多種。

蝴蝶

大大小小的郵票
一張張
落在花心上
想把春天打包
寄到遠方去呢！

向星輝斑斕處漫溯

相較於張愛玲那句淒豔而膾炙人口的名言：「每一隻蝴蝶都是花的鬼魂，回過頭來尋找它自己」，林世仁定義蝴蝶存在的這首詩，顯然繽紛快樂多了。全詩出以創意將蝴蝶與郵票聯想，把她們看成是快遞春天的特使，要把芬芳與色彩「打包」寄送至遠方——於是，從哀傷世故的小說氛圍走出，來到天真明媚的童話世界，我們發現，孩子和擁有童心的人，真是多麼被上帝祝福的一群！

方群

*本名林于弘，台北市人，台灣師範大學文學博士，現任台北教育大學語文與創作學系教授。著有詩集《文明併發症》等。

彈珠

凝固童年的歡樂記憶
緩緩滾來
一顆顆晶瑩的問候
在曾經青春的迴旋軌道上
縱橫臉龐的喜悅色彩
再次，相互碰撞

向星輝斑斕處漫溯

奧地利詩人里爾克曾說：「詩人真正的祖國是他的童年！」——從記憶中的「祖國」取材，方群以〈彈珠〉為題，書寫生命中值得紀念的童玩。成詩背景應是詩人偶見孩童嬉玩彈珠，喚起了早歲「歡樂的記憶」，於是眼前彈珠遂不再只是彈珠，而成了「一顆顆晶瑩的問候」，正沿著歲月「迴旋」的軌道，朝詩人「緩緩滾來」；同時，昔日遊玩過程中，彈珠「相互碰撞」，縱橫於詩人「臉龐的喜悅色彩」，此刻，也情不自禁、喜不自勝地再現於臉龐！全詩深情凝視晶瑩的彈珠，雖遙想童年往事，並無懷舊感傷，卻滿溢如見故人的歡喜，所書寫的正是往事並不如煙的溫馨感受。

顏艾琳

＊台南下營人，輔仁大學歷史系畢業，九歌出版社副總編輯。著有詩集《她方》及漫畫評論、散文等多種。

超級販賣機

我覺得飢渴。

我投下所有的錢，
它什麼也沒有給我。

我只好把手腳給它

又將頭遞過去
但還不夠。

我繼續讓它吞噬
其他的肢體，
它仍舊不給我任何東西。

最後我把靈魂也投給了它。
它吐出一副骸骨
並漠然顯示：
「恕不找零」

農婦

她佇立風中
和陽光鬥嘴。

風把時間編纂進她的白髮，
陽光將青春的荒蕪，深刻地
鍍上她的臉頰

她老得像一棵樹，
果實沉重而甘美。
背脊劼然馱負著
那生命的重量、那果實的垂垂纍纍

她，終於不和光陰對談了。
而以一坯圓土
坐禪於自己的田地，
和和氣氣
將果實還獻給天地。

向星輝斑斕處漫溯

彷彿歌德小說《浮士德》，顏艾琳〈超級販賣機〉所寫其實便是與魔鬼交易的過程。〈超級販賣機〉指如黑洞般、永不饜足的慾望，「我」泛指一般凡夫俗子；而被貪婪煎熬得飢渴的「我」，為滿足慾望，不斷投注所有生命成本，到最後甚至連靈魂也出賣了。但在這注定失敗的交易中，「我」不但什麼也沒得到，卻反賠上所有人生！「吐出一副骸骨」句，極寫進行交易的魔鬼（超級販賣機）冷血無情，駭人之至！「恕不找零」則在幽默中，顯示了「我」被剝削淨盡狀，但卻令人笑不出來。全詩藉現代販賣機特色，書寫慾望顛覆人生的悲劇，主題與隱喻，意涵與象徵，焊接完美無痕。

〈農婦〉則以果樹意象喻農婦一生，果樹即農婦，農婦即果樹，兩者相互呼應、指涉，所以「她佇立風中／和陽光鬥嘴」既寫果樹，也是寫農婦在人生風雨與陽光中，生氣勃勃的形象。雖然歲月為農婦增添了白髮，荒蕪其青春，鏤刻以皺紋，但熱愛人生、忠於本分的農婦，卻也收穫了「沉重而甘美」、「垂垂纍纍」的生命果實。最後，當生命寫上句點，農婦仍選擇不離開「自己的田地」，生於斯、死於斯，也葬於斯，要把自己活成果樹般的故事鐫刻在天地間。基本上這是一首女人寫女人的詩，顏艾琳從青春歲月、中年、垂老與死亡四個階段，寫農婦如果樹般豐實的人生與影響，末段別寓大地之母的象徵，所述實是一般農村女性鞠躬盡瘁、奉獻一生的故事。

王丹

*北京市人，北京大學歷史系學生，天安門民主運動領導人之一，六四事件後被捕入獄兩次，現爲哈佛大學歷史系博士研究生。著有詩集《王丹獄中詩》及新聞評論集等多種。

我是一個盲人

不要因爲你可以
夾一片綠葉於信中
就告訴我什麼
有關春天的信息

其實
在我的窗外
也已有無限的春意在生長
但是
假如沒有
可以與我分享春天的朋友
假如此時此地
並不適合應有的心情
那麼
我只能是一個盲人
默默地穿行於四季

希望

我還有風雨中散落的花瓣
在夜晚的桃樹下燦若星空

向星輝斑斕處漫溯

王丹是詩人嗎？或許有人會問。因為六四天安門事件令世人印象如此深刻，從學運王丹、民主鬥士王丹，瞬即跳接至詩人王丹的認知上，實在是有幾分困難。但在經歷巨大生命變動後，視寫詩為「一種精神療法」的文學青年王丹，卻已將他踽踽獨行於人生路上的情感真實，形諸文字，出版過兩本詩集；而透過他筆下那許多寂寞熱烈的篇章，我們也確實與一顆煥發著才情的滄桑詩心，在紙上深情相遇。

此處所選〈我是一個盲人〉寫於王丹二十一歲，其時他正因天安門事件在監服刑，因此是一首獄中詩。此詩一方面顯示了王丹拒絕幼稚浮淺、追求真理的誠實坦率——他不認為夾在信中的「一片綠葉」可以代表春天；同時，也顯示了他對自由，以及人間可以與他「分享春天的朋友」的嚮往與渴望——因為他是不缺春天的，但若沒有可以「分享春天的朋友」、若此時此地並無享受春天「應有的心情」，那麼，王丹說，他「只能是一個盲人／默默地穿行於四季」。可以「分享春天的朋友」當指莫逆於心、肝膽相照的知己；「應有的心情」暗示自由；「盲人」則實是黯然神傷的比喻，全詩既是王丹的在獄詠懷，也是他個人的傷痕文學。

〈希望〉則彷佛是顧城〈一代人〉（請見本書第一五三頁）的接力詩。這兩首詩都只有兩句，寫的也都是詩人個人的、但也是整個時代的「希望」。所不同的是顧城的〈一代人〉，語調哀傷沉重，王丹則以一種類如泰戈爾的句式，透過清麗可喜的意象，指出即令在風雨掃落的花瓣中，也能讓人看見「燦若星空」的希望的圖案。強烈的感性抒情，卻透露了無比樂觀明朗的訊息，令人感動！——於是，學運王丹、民主鬥士王丹之外，我們確實在紙上遇見、親近了另外一個王丹——詩人王丹。王丹是真正的詩人！

李長青

*高雄市人，台中師範學院畢業，現任國小教師。著有詩集《落葉集》等。

落葉2

我發現
我不曾枯黃
天氣晴朗

光明的泥土
擁有香氣燦爛
彷彿鳥的翅膀
身邊飛翔

我知道我是一片落葉
喜悅多於悲傷的落葉
當我輕輕落下的時候……

落葉55

世界
是一個陷阱
生命的規則
繁複，壯麗
而詭譎

詩人啊，請勿
自作多情
隨意澆灌我們，以淚
已喪失鹽分的淚

枯黃的修辭
必要詰問：
比我們更爲渺茫的人們
你們甚至
沒有自由

「往某個更精緻核心
落下的自由」

向星輝斑斕處漫溯

對落葉情有獨鍾，詩人李長青以落葉為題，就生命中落葉繽紛的印象、記憶、故事、聯想、象徵、哲學辯證等，反覆進行思考、推敲、演繹、書寫並加以編號、結集而成「落葉」系列六十四首，堪稱「落葉詩人」。

所選編號2落葉詩，即揣想一枚「不曾枯黃」的落葉心思，及其「輕輕落下」的情境、光景。「不曾枯黃」而墜地，寓早夭之意。但落葉坦然面對早逝結局，且感謝墜地時——天氣晴朗、泥土芳香無比、離枝姿態若鳥翼飛翔——故「喜悅多於悲傷」。全詩藉一枚早凋之葉說法，提示一種超越不幸、面對寂滅、重返天地懷抱的情態，澄澈無礙，是一首觀照命運、死亡卻「喜悅多於悲傷」的詩。

編號55落葉詩，則藉落葉反諷、提醒詩人（世人），勿以廉價眼淚哀落葉凋零，落入簡化生死意義的「陷阱」！畢竟「生命的規則」繁複壯麗詭譎，非人所能精確理解；何況人還不見得如落葉般，有歸於大地懷抱的自由，又如何，或何必「自作多情」為落葉垂淚？——此詩再次藉落葉發聲，闡明生命凋萎未必是悲傷的終局，並指出人的虛妄，與對生命應有的深刻、謙遜的思考。總之，以落葉為美學教室與生命奧義的道場，李長青落葉系列無不耐人尋味。

鯨向海

＊本名林志光，桃園縣人，醫學系畢業，現為精神科住院醫師。著有詩集《精神病院》等。

比幸福更頑強

枝椏間的一隻蜘蛛鎮日編織
我羨慕牠的專心
羨慕牠並不需要我的羨慕
忽來一場大雨眼看
要打斷我們今天的進度
牠瞬間接過了雨絲
無私地繼續織了下去

向星輝斑斕處漫溯

鯨向海〈比幸福更頑強〉是一首簡單的寫實詩、敘事詩，但卻透露出明顯的寓言詩性格。詩人聚焦於一隻在樹枝間「鎮日編織」的蜘蛛，並從其完全不理會周遭世界的「專心」感受到蜘蛛的幸福；但就在此時，一場大雨打斷了蜘蛛編織、與詩人羨慕蜘蛛的「進度」。但是，蜘蛛真被打斷了嗎？其實不然，因為「牠瞬間接過了雨絲／無私地繼續織了下去」！「無私」一方面是無我、忘我之意，另方面亦暗示「無絲」，顯示樂在編織的蜘蛛，不論風雨如何施暴，都以絕對自主的姿態出現或自我定位，不改其唯編織是問本色！於是回到詩題〈比幸福更頑強〉來看，詩人似有意告訴我們，外在世界固可奪去幸福，但「比幸福更頑強」的卻是——不讓幸福被「打斷」的意志、行動和「專心」。全詩藉一隻耽愛編織的蜘蛛，演繹「幸福」課題，蜘蛛接過「雨絲」編織的「頑強」形象、意象，令人感動而難忘！

果果

＊本名張郁國，台南縣人，台南師範語教系畢業，現任國小教師。著有詩集《如果果實被星光微波》等。

詩魚

寫一首詩
用雙手捧著，輕輕放入腦海
如放生般地讓它
游過一千兩百年的海
溯回一條深冬的江
有位老翁披著雪
釣起一尾魚

刀

盡頭把天與海
割開
痛從遠方一波波
湧來

向星輝斑斕處漫溯

果果的〈詩魚〉是一首詩，也是一尾魚，獻給一千兩百多年前一位落寞老翁。老翁曾出現在王維詩裡——「千山鳥飛絕，萬徑人蹤滅，孤舟簑笠翁，獨釣寒江雪」——一個孤、獨、絕、滅的冷寂詩境。不忍老翁永遠封凍在此詩境，於是年輕詩人果果，在一千兩百年後寫了這首現代詩，當成一尾魚，把它溯放至當年大雪紛飛的寒江，讓老翁「釣起」！——絕妙的詩思、溫暖的詩心、跨時空傳送的科幻情節，這盛載無限情意的美好之詩，實是何其充滿創意、傳奇、連結今古的一尾魚！

〈刀〉所寫其實即水平線，但果果賦以絕對個人化詮釋，認為這是一把「割開」天和海的無影刀，且更進一步訴諸觸覺經驗，強化「割開」的實質意涵，於是乃有「痛從遠方一波波／湧來」句。全詩由遠及近，從盡頭拉至眼前，層次感分明，但若「痛」字獨立成行或當更佳。果果此詩令人想起余光中亦有〈水平線〉一詩，現節錄與「刀」可對照部分如下，以見相差半世紀之前行代與後浪詩人在相同事物上書寫之不同：

天和海，由你來分開，還是縫攏？／——多詭祕的一條拉鍊啊／要是能找到你的鍊頭／我就能拉開空間的面具……

楊佳嫻

＊高雄人，現就讀台灣大學中文所博士班。著有詩集《你的聲音充滿時間》等。

黃昏之蛾

1.

像一枚斑斕指印

小小的蛾，俯臥於台階

翅膀上琥珀的河流靜止了

我抬頭，無從追問

是哪一盞燈拒絕了牠

2.

街燈背後，星座漸次挪移

排出時間的虛線

我想像當夜掩身上岸
握在詩人手裡的一束晚霞
被揉碎而紛紛散開
變成高速飛行的
一行意象

向星輝斑斕處漫溯

黃昏時分，詩人在台階上偶然發現一隻飛蛾屍體。俯臥不動的屍身花色斑斕，翅翼流漾琥珀光澤，這生動的美麗，令詩人深深感慨——為什麼生命拒絕了它？悵惘惋惜中，詩人抬頭欲尋找答案，視線由街燈，及於街燈背後初升之星群，但遼闊的天空並未給予詩人任何回答。於是，把黃昏之蛾美麗死亡所帶來的震動、歎惋、質疑，摺疊收存於心底，「當夜掩身上岸」，詩人知道，那將化為她詩中「高速飛行的／一行意象」。全詩既是黃昏之蛾的輓歌，也透露了一首詩形成的背景故事；而楊佳嫻呈現此故事的藝術手法、所使用的隱喻意象諸如：「琥珀的河流」、「時間的虛線」、「詩人手裡的一束晚霞」、「高速飛行的／一行意象」等，均令人眼睛為之一亮，所顯示的，正是新銳詩人豐沛靈動的才情。

【卷二】
圖象詩

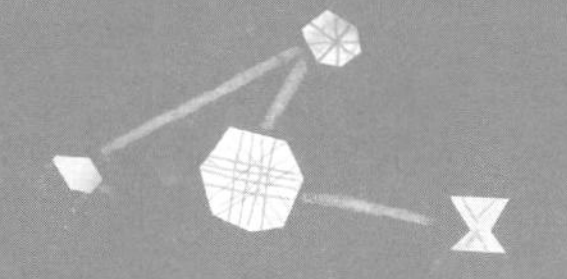

詹冰

*本名詹益川，苗栗人，日本明治藥專畢業，曾任藥師、國中教師，創辦《笠詩刊》，致力於圖象詩發展。著有詩集《銀髮與童心》等。

我的桃花源

林林桃桃桃桃桃桃
林桃田田田田田田
林桃田田田田田田
林桃田舍花花田田
林桃田舍　花田田
林桃田舍花花田田
林桃田田田田田田
林桃田田田田田田
川川川川川川川川

三角形

三
角形
那只是
三邊三角
但邊邊相關
角角相呼相應
充滿朝氣和活力
富於積極性發展性
再有彈韌性變化無窮
角邊角邊角邊循環不息
你看色散七彩的稜鏡
你看埃及的金字塔
數學美學的精華
哲學的完美像
宇宙精神的
神聖象徵
哦妳的
三角
形

向星輝斑斕處漫溯

詹冰被認為是現代詩壇最早致力於圖象詩創作的詩人，〈我的桃花源〉即其圖象詩中甚富意境的一首。詹冰透過精整悅目的格局，在正方形設計中，呈現出其心中理想的居住環境藍圖。此詩有三種悅讀法：從中央依次往外圍看、從外圍逐層向中心瀏覽、從高處鳥瞰全景。而不論何種讀法，都會發現詹冰的「桃花源」是中央三房格局，主建築前有一花園圍繞之廣場，花園房舍外，作物盈疇，遠處則由桃花叢、碧樹林、清溪流環抱此寧謐生活空間——整幅文字示意圖，訴說著詹冰素樸安恬的田園夢，也揭示了現代人失落的一支牧歌、都會族群共同的鄉愁，是一首形式與意涵高妙契合的圖象詩。

同樣出以幾何平面構圖的〈三角形〉，則為詹冰圖象詩代表作之一。此詩形式上為一等邊三角形，文字部分則從三角形數學定義，延伸至光學、建築、哲學、美學概念，復推衍至「宇宙精神的神聖象徵」，頗富「聖三位一體」的宗教暗示。詩末歸結至「妳的三角形」、女體意象之謳歌讚歎，則既形成一種天人合一的理念呼應與循環，同時也賦予主題格外溫情動人的想像。全詩以絕對的理性始，以無比的感性終，同樣也是一首視覺效果與內在意涵高妙契合的圖象詩。

秀陶

＊本名鄭秀陶，湖北鄂城人，台灣大學商學系畢業，現代派健將。曾隻身赴越南發展，後定居美國。著有詩集《一杯熱茶的功夫》等。

橋

掛在春天的臉上的，河的微笑

向星輝斑斕處漫溯

這是吊橋低懸水面的柔軟線條，也是漾出甜蜜歡悅的美麗唇弧；是連接兩座堤岸的橋之圖象，也是「掛在春天臉上的河的微笑」——風光旖旎的文字定義，左右對稱的視覺美感，充分彰顯了橋令人愉悅的特質——秀陶〈橋〉是完美結合了形式與內容的圖象詩。

方旗

*本名黃哲彥，台北市人，美國馬里蘭大學物理博士，現居美國。著有詩集《端午》等。

瀑布

溫雅的呼吸
簪花的河
憩睡在暖暖的床上
美麗有如
神祕有如
純粹有如

而河床折斷脊樑，囚禁在水珠的聲浪迸射，困獸掙脫枷鎖，野草出土的衝刺，撐起天壁，有人騎馬奔來，是Centaur……

髣髴冰川
髣髴酒精
髣髴霜花
之後，春煙自碧
什麼是玉石
什麼是擂鼓
你漸行漸遠
仍然是河

向星輝斑斕處漫溯

從上游輾轉到下游，自高崖飛墜至谷底——方旗此詩透過巨幅高度落差，演示他的瀑布三段論，並述說一條河的曲折身世——上游水流平緩，「簪花」一詞以女性意象強化河之「溫雅」，「美麗有如／神祕有如／純粹有如」什麼？則刻意不說，交給讀者去想像。中游河流行至斷崖，縱身一躍成瀑布，「困獸掙脫枷鎖」、「野草出土衝刺」、「Centaur」騎馬奔來，則極寫其強大動能、音量的釋放；其中，Centaur為希臘神話半人半馬怪物，粗野放蕩，獸性十足，指喻尤為突出。下游水勢激撞如冰川、浪濤飛白如酒沫霜花後，河流「春煙自碧」，曾經如玉石飛瀉、如擂鼓轟然的瀑布，「漸行漸遠」，又復歸為一平寧悠緩之河——全詩以文字敘寫瀑布前身、本相及其後續，以線條呈現瀑布縱剖面姿影，象形、寫意兼而有之，是一首高與低、靜與動、溫雅與狂野、水平與垂直，對照鮮明的瀑布詩。

席慕蓉

＊祖籍蒙古，比利時布魯塞爾皇家藝術學院畢業，新竹師院教授、內蒙古大學名譽教授，現爲專業畫家。著有詩集《我摺疊著我的愛》及散文集、畫冊等五十餘種。

候鳥

——山海經大荒北經：有大澤方千里，群鳥所解。

我
們
群
飛
至
此處
並不知
有什麼疆界
只爲在此紛紛解羽
繁衍和棲息
如冬雷
春雪
之
行
於
大
地

向星輝斑斕處漫溯

席慕蓉〈候鳥〉一詩不滿四十字，但意涵飽滿豐富。詩人以候鳥群飛至棲息地，「並不知／有什麼疆界」，暗示人類分疆設界、畫地自限的狹隘愚昧；又對候鳥依自然律展開生命活動，「如冬雷春雪之行於大地」，單純自在，而流露無比欣羨讚歎。全詩文字排列如鳥之展翼，又似候鳥群飛隊式，呈現出愉悅自由的生命圖記，在形式與內容之間，形成醒目貼切的呼應、暗示與聯結，是一支乾淨明朗的候鳥之歌，也是一帖漂亮生動的圖象詩。

林燿德

*福建廈門人，輔仁大學法律系畢業，曾任青年寫作協會祕書長。著有詩集《都市終端機》及散文、評論等多種。

靈魂的分子結構式

上帝放下連接濾嘴的半截煙靜靜翻開天堂百科第六六六頁

「靈魂的分子結構式」：

旦

撒

撒旦撒旦撒旦撒旦撒旦

撒

旦

向星輝斑斕處漫溯

〈靈魂的分子結構式〉為林燿德長詩〈U235〉第一節。「U235」是鈾的化學符號，美國當年在廣島所擲、結束第二次世界大戰的，便是U235原子彈。林燿德以之為題，自注此詩寫於一九八三年八月六日，廣島原爆三十八周年；且在後記表示，核爆陰影正逐日擴大，未來若發生核戰，整個地球將深陷火海，萬劫不復——「人類文明……要敗壞在一次無可挽救的劫火之下嗎？踏著火光走出來的人類文明，會不會消失在火光中呢？」——因此〈U235〉實是林燿德憂心核戰威脅、關切人類前途的警世詩。

在此龐大主題下，本詩第一節〈靈魂的分子結構式〉開宗明義，實別具引言、楔子意義。林燿德以寓言和啟示錄方式書寫本節，而事實上本詩首行中之「六六六」便是《聖經》〈啟示錄〉中極富象徵性的一個數字。〈啟示錄〉第十三章記載——反基督者在末日大災難現身時，會以「獸的印記」控制人類，獸的數字便是六六六！——後世聖經學者對此數字有不同詮釋，其中一派認為七是「完滿數字」，六是「缺憾數字」，因為六較七少一；三個六象徵「極度缺憾」，六六六代表人類，七七七代表上帝。

林燿德運用此一《聖經》典故，設想上帝優閒平靜地翻開天堂百科全書中關於人類的那一頁，所見人類靈魂結構乃是撒旦符號形成的十字架。十字架是神聖、救贖、奉獻的象徵，撒旦則是墮落、沉淪、毀滅的代言——林燿德將之結合成神魔共生結構，實為此詩後續的討論——U235在人類手中，會帶來毀滅還是其他可能？——埋下了伏筆。至於上帝為何優閒平靜，是因為人類未來如何？祂早已了然於胸之故。

把極端對立的兩種意涵——十字架和撒旦——合一，暗示人類靈魂兼具自毀與自我提升兩種傾向，就圖象設計言，堪稱鮮明強烈大膽而成功。〈U235〉詩末更以強光萬蕊，高熱四射，席捲人類所有愛與夢想而去，顯示核爆後地球毀滅前一刹景象，氣勢驚人，也同樣是匪夷所思、大膽成功的圖象演示。〈U235〉一詩對核爆課題關切深入，在北韓試核引起國際高度緊張、關切的此刻讀來，尤令人感受到詩人獨到的遠見及前瞻之眼光。

林世仁

＊廣東梅縣人，文化大學藝術碩士，曾任國光藝校教師、英文漢聲出版社副主編。著有圖象詩集《文字森林海》及兒童文學等多種。

角度

世界不會爲我們倒過來；但是我們可以倒過來看這個世界，從不如意中看出微笑！

向星輝斑斕處漫溯

作為一首倒讀詩，此詩趣味正在於閱讀時需調整「角度」；換言之，不僅要用心讀、用眼讀，更要「動手」讀。於是當我們坐而讀這樣的句子——「世界不會為我們倒過來；但是我們可以倒過來看這個世界」——時，其實我們也正起而行地，在實踐「倒過來看這個世界」的動作。然後，在「倒過來」讀這首詩、從愉快的上揚唇形「看出微笑」之際，想必每一位讀詩的人也都因充分領略這首詩的美好意涵、幽默設計，而不自覺露出微笑吧！

劉哲廷

*台北市人，日本名古屋藝術大學畢業，遊學紐約。曾任《論壇》雜誌編輯，現為自由作家，組「玩詩合作社」。著有詩集《詩瘾》等。

政客的一貫路線

　　　是　是　是
　　　是　是　是
　　　是　是　是
　　是是是是是是是是是
　是是是是是是是是是是是

是是是是是是是是是是
　　是是是是是是是是是
　　　是　是　是　　是
　　　是　是　是
　　　是　是　是

向星輝斑爛處漫溯

劉哲廷此詩打破一般線性表述方式，無法朗誦，只宜意會。全詩其實只有一個字：「是」，但透過形式經營上的用心與巧思，卻出現了第二個字：「非」——「是」與「非」的對應關係，乃交織出本詩微妙的多重意涵。簡言之，劉哲廷除指出官場唯唯諾諾、奉承拍馬的「是」，便是行政倫理、道德操守上的「非」之外，另方面亦暗示了「政客的一貫路線」，就是如此是非混淆、似是而非的錯亂行徑。全詩藉由高度創意進行深刻諷刺，簡潔鮮明直接，一目了然。

國家圖書館出版品預行編目資料

小詩星河：現代小詩選.2 ／ 陳幸蕙編著.--
初版. -- 台北市：幼獅，2007【民96】
面；　公分. --（多寶槅：148）

ISBN 978-957-574-619-3（平裝）

831.86　　95022137

多寶槅148◎文藝抽屜

小詩星河——現代小詩選2

編　著=陳幸蕙
封面繪圖=曹俊彥
編　輯=林泊瑜
美術編輯=裴蕙琴
出 版 者=幼獅文化事業股份有限公司
發 行 人=李鍾桂
總 編 輯=劉淑華
總 公 司=10045台北市重慶南路1段66之1號3樓
電　話=（02）2311-2836
傳　真=（02）2311-5368
郵政劃撥=00033368

門市：幼獅文化廣場
●台北衡陽店：10045台北市衡陽路6號
電話：(02)2382-2406　傳真：(02)2311-8522
●松江展示中心：10422台北市松江路219號
電話：(02)2502-5858轉734　傳真：(02)2503-6601
●苗栗育達店：36143苗栗縣造橋鄉談文村學府路168號(育達商業技術學院內)
電話：(037)652-191　傳真：(037)652-251

印　刷=崇寶彩藝印刷股份有限公司
定　價=250元
港　幣=83元
初　版=2007.1
四　刷=2009.1
書　號=983038

幼獅樂讀網
http://www.youth.com.tw
e-mail:customer@youth.com.tw

行政院新聞局核准登記證局版台業字第0143號

本書入選之詩作大多已取得原作者同意授權編入，
部分作者（胡適、賴和、聞一多、汪靜之、楊華、江文也、艾青、
吳瀛濤、彩羽、大荒、方旗、嚴力、顧城）因無法聯繫上，尚祈諒解，
若有知道聯絡方式，煩請通知幼獅公司編輯部，以便處理，謝謝。

幼獅文化公司／讀者服務卡／

感謝您購買幼獅公司出版的好書！
爲提升服務品質與出版更優質的圖書，敬請撥冗塡寫後(免貼郵票)擲寄本公司，或傳眞(傳眞電話02-23115368)，我們將參考您的意見、分享您的觀點，出版更多的好書。並不定期提供您相關書訊、活動、特惠專案等。謝謝！

基本資料

姓名：________ 先生／小姐

婚姻狀況：☐已婚 ☐未婚　職業：☐學生 ☐公教 ☐上班族 ☐家管 ☐其他________

出生：民國____年____月____日

電話：(公)________(宅)________(手機)________

e-mail：________

聯絡地址：________

1.您所購買的書名：________

2.您通常以何種方式購書？(可複選)：☐1.書店買書 ☐2.網路購書 ☐3.傳真訂購 ☐4.郵局劃撥 ☐5.幼獅門市 ☐6.團體訂購 ☐7.其他

3.您是否曾買過幼獅其他出版品：☐是，☐1.圖書 ☐2.幼獅文藝 ☐3.幼獅少年 ☐否

4.您從何處得知本書訊息(可複選)：☐1.師長介紹 ☐2.朋友介紹 ☐3.幼獅少年雜誌 ☐4.幼獅文藝雜誌 ☐5.報章雜誌書評介紹________報 ☐6.DM傳單、海報 ☐7.書店 ☐8.廣播(　　　) ☐9.電子報、edm ☐10.其他________

5.您喜歡本書的原因：☐1.作者 ☐2.書名 ☐3.內容 ☐4.封面設計 ☐5.其他

6.您不喜歡本書的原因：☐1.作者 ☐2.書名 ☐3.內容 ☐4.封面設計 ☐5.其他

7.您希望得知的出版訊息：☐1.青少年讀物 ☐2.兒童讀物 ☐3.親子叢書 ☐4.教師充電系列 ☐5.其他

8.您覺得本書的價格：☐1.偏高 ☐2.合理 ☐3.偏低

9.讀完本書後您覺得：☐1.很有收穫 ☐2.有收穫 ☐3.收穫不多 ☐4.沒收穫

10.敬請推薦親友，共同加入我們的閱讀計畫，我們將適時寄送相關書訊，以豐富書香與心靈的空間：

(1)姓名________ e-mail________ 電話________
(2)姓名________ e-mail________ 電話________
(3)姓名________ e-mail________ 電話________

11.您對本書或本公司的建議：

廣 告 回 信
台北郵局登記證
台北廣字第942號

請直接投郵　免貼郵票

10045 台北市重慶南路一段66-1號3樓

幼獅文化事業股份有限公司 收

請沿虛線對折寄回

客服專線：02-23112836 分機208　傳真：02-23115368

e-mail：customer@youth.com.tw

幼獅樂讀網http：//www.youth.com.tw